異神千夜

恒川光太郎

角川文庫
20930

目次

異神千夜

春、その草庵《そうあん》の周辺は緑の迷宮となる。

遼慶《りょうけい》は六十歳。もとは鎌倉で僧侶《そうりょ》をしていたが、還俗して十年以上たつ。人里離れた山の裾野《すその》にある草庵は、旅で知り合った老人から数年前に譲りうけたものである。暮らしてみれば、まさに花と風と水の理想の暮らしであった。

近くには清流があり、竹の水管で家の近くまで水を引いている。その水は飲料の他に、庭にある小さな畑に使っている。

少し歩けば初夏には眩《まぶ》しい紫の花を垂らす藤があり、さらに先には翡翠《ひすい》色の泉がある。開けた丘に立てば富士山が見える。

谷川の淵《ふち》には魚が群れ、真夏には小船で、渓谷を進んでみることもある。

春から初夏にさしかかる季節、遼慶は、泉の近くで一人の男を見た。

毛皮を纏《まと》い、弓を肩に担いでいる。日焼けして引き締まった体つきで髪には白いものが交ざっている。

遼慶は、もし、と声をかけた。

人と見れば、声をかけるのが遼慶の常だった。そして草庵に招き茶をごちそうし、おしゃべりをする。相手が何者でもかまわないのだ。

男は微笑むと挨拶《あいさつ》した。

「狩りですか」遼慶はきいた。「山を越えてきなすったようで」

「そうです」男はいった。「二つほど。山道を進んできました」


一刻もした頃には、遼慶と男は、草庵の軒下に座っていた。

男は茶の知識があるようで、遼慶のお茶が、栄西《えいさい》が宋《そう》より持ち帰り、高山寺から広まった種類のものだとすぐに見抜いた。

「最近、このあたりで妙なことがありませんでしたか？」

男は茶を呑《の》みながらきいた。遼慶は訝《いぶか》しげにきく。

「妙、と申しますと？」

「怪しいものが、現れた、とか」

「あなた以外に？」

「はい」男は頷《うなず》く。

「まあ、怪しいものっていっても、ここらにふらりと現れるものは、みんな怪しいといえば怪しいですからねえ」

草庵には、いろいろなものが現れる。まずは鳥獣。そして木地師《きじし》たち。良い材木を求めて全国の山を歩く木地師たちは、夏から秋にかけて姿を現す。つい最近も木地師の娘が立ち寄りお茶を呑んでいった。密教の修行者がきたこともある。落ち武者が迷い込んできたこともある。もちろん地元の里人も、山菜をとりにやってくる。

遼慶には不思議と人と打ち解ける才がある。山中で出会った人とは、いずれも友人となり、襲われたことは一度もない。ときには人生に迷ったものが現れる。一度、夫を殺して山に逃げてきた女を泊めたこともあった。女は己の罪をあらいざらい話し泣き伏した後、一週間ほど草庵にいた。それから里に下りた。

「私がいっているのは……その、妖怪変化《ようかいへんげ》のような」

「こちらは山の一人暮らし。そんなものがでたら怖いです。脅かさないで下されよ」遼慶は苦笑した。

「そうですね。何もなかったのならば、よいのですが」男は暗い声でいった。

不意に日が陰り、あたりが薄暗くなった。遼慶はなんとはなしに外を見る。緑が少しくすんで見える。

ぽつり、ぽつり、と雨が降り始める。

雨脚が激しく、草庵は雨粒が草木を打つ音に包まれた。

「泊まっていかれたらどうですか」

「いいのですか」

「いいのですよ。というより、あなたにここに泊まっていただけたら、私は嬉《うれ》しいのです。この暮らしは良いところがたくさんありますが、人恋しくなるのが良くない。ぜひぜひ、これも縁です。お話をいろいろきかせて下され」

「それはもう願ってもない話です。ただ、お話などといっても、私は何も」

「いえいえ、あなたのお話でいいのです。たとえば、生まれ故郷の話や、ここに来るまでの話などで」

遼慶は何とはなしに、男が身にまとっていた毛皮に視線をやった。艶《つや》のある黒熊の毛皮だ。男から微《かす》かに女の匂いがした。はて、妖怪変化とは？

男は暗鬱《あんうつ》な声でいった。

「恐ろしい話になりますが、いいのでしょうか？」

1

その少年は、対馬《つしま》の農家の四男坊だった。

港を走り、釣り糸を垂れ、貝や魚を籠《かご》にいれて、家に持ち帰る暮らしだった。

その日、穏やかな水面は夏の光に白く輝いていた。

少年が岩牡蠣《かき》を籠に入れていると、後ろから声がかかった。

振り向くと、宋服を着た男が立っている。

対馬は、博多《はかた》と高麗《こうらい》、もしくは博多と宋の貿易の中継地点で、よく異国の船が寄港していた。

宋服の男は少年の貝を指差し「いくつかくれないか」といった。

籠の中には牡蠣と鮑《あわび》がどっさり入っている。

少年はにっこりと笑って岩牡蠣をいくつか渡した。

男は「お代はどうするべきか」ときき、少年は「いらない」と答えた。

「おじさん、食べるの？」

「そりゃあ、そのつもりだが」

「じゃあ、一緒に食べよう。こっちに」

少年は男を漁師小屋に案内すると、火種を近くの家で借り、牡蠣と鮑を鉄板に載せて焚火《たきび》で炙《あぶ》った。

少年と男は貝を載せた鉄板を前に、向かい合った。

「牡蠣に、鮑と」

男は微笑んだ。

「博多で売ったら、いい値がつく」

「おじさん、高麗の人？」

「ううん、おじさんは、南宋《なんそう》の商人」

「じゃあさ、南宋風の味付けにして博多で売ったら、もっと売れるよ」

殻の上で、ぐつぐつと沸騰し、震える牡蠣を串《くし》でつつきながら、少年は少しはしゃいでいった。

男は目を細めた。

「牡蠣に南宋風の味付け？　なるほど。それは思いつかなかった。今度やってみよう」

「絶対だよ。みんな食べたことのないものに興味があるんだから」

「箱に入れて売るかな。南宋仕込みと触れこんで」

「ううん。博多の人の多いところでさ、こうやって目の前でぐつぐつしながら、これは対馬の特上牡蠣に、南宋風の味付けをしたものですっていって売るの！　きっと人だかりができてみんな買っていくよ」

少年はその様を思い描いたのか笑った。

「君は何歳だね」

「七歳」

「博多に行ったことがあるのかな」

「実はないけど。でも、いつか行ってみたい。人がたくさんいるんでしょう？」

全ては貝に火が通るまでの雑談のはずだった。

宋から来た異人はいった。

「一緒に行かないか？」

南宋から来た男の名は、陳《チン》といった。陳はたまたま日本と宋の両方の言語を話せる人材を育成しようとしていた。

陳は少年に案内を命じて家にいき、少年の両親と話した。少年の家は、決して豊かとはいえず、四男坊を養いきるには少し無理をしなくてはならない家だった。

「あ、あの子を養子に、ということですか」

母親は訝しげにいった。

「そうです。少し話して、七歳と思えぬ利発さが気に入りました。博多と南宋を行き来していますから、年に一、二度は対馬にも寄ります」

いくらかの金銀で話はまとまったが、相手は異国の商船の男だ。地頭にも伺いをたてたいと両親はいった。陳はすぐに地頭の館に向かった。地頭は話をきいた後、本人とその家族がいいのならば、と了承した。

そして少年は、陳の船に乗りこみ、故郷に別れを告げた。

対馬を発った船は、無事、寧波《ニンポー》に入港し、南宋への航海を終えた。

少年の名は仁風《じんぷう》といった。

陳は南宋の邸宅に戻ると、離れの一室を仁風に与えた。

部屋はさほど広い間取りでもなかったが、仁風は個室で暮らすことがはじめてで、こんなところを一人で使っていいものかと恐縮した。

寝台で眠るのもはじめてだった。異国での最初の夜は、なかなか寝付けなかった。

陳の家は裕福で、彼の家族の他に、使用人が二人もいた。日々の食事も食べたことのないものが次から次へと出てきて、どこの殿さまの食卓かと思うほどだった。

仁風は、使用人に混じって買い物や洗濯などの雑用をした。近所の子供と友達にもなった。家庭教師がつけられ、言葉や算術の勉強をさせられた。

陳は客人がくるたびに、仁風を呼びつけてみなに披露した。もちろん宋《そう》人にとって日本の少年は珍しかった。

陳の友人たちは、仁風の顔をじろじろ見て、顔のどこそこが倭国《わこく》っぽいだのと評した。

陳の養子になってから次の年に、仁風は博多の港に下り立った。

活気のある町だった。たくさんの屋台や料理屋が軒を連ね、宋人らしき人たちもたくさん歩いていた。

一行は大唐街《だいとうがい》という、大きな中国人街に宿泊が決まっていた。

陳と仁風は二人で歩く。朱塗りの橋にさしかかったところで陳は足をとめた。

「私は、若い頃、謝国明《しゃこくめい》の下で働いていてな。今乗っている船も、謝国明から買い取ったものだ。謝国明を知っているか？」

「いいえ、何も」

「この大唐街を牛耳っている豪商よ」

「その名は……宋人？　日本人ではないのですか」

「ふむ、南宋人だ。だが、博多に住んでいる。和名もあるぞ。謝太郎国明《しゃたろうくにあき》さんだ。貿易だけでない。沖に島も持っているし、寺も建てたし、ここら一帯の漁業のほとんどを取り仕切っている」

「この大きな港の漁業を」

仁風は、橋の上から博多津に係留された無数の船舶を眺めながらいった。

陳は仁風の反応を見て満足げに、そうだ、と笑った。自分が謝国明と同じ南宋人であることが誇りだという顔だった。

「とても温情のあるお方でな。正月前など、腹を減らした人に身分の差もなく無料で食事を振るまったり。博多では謝太郎国明さんを知らんものはおらん。部下には厳しかったが、慕われていた。まあ、あそこまで大きくなると、利権の争いや何かで憎む者もあるが、敬意を払っているものが大半だ。おまえをもらうときも、謝国明の名を出したら、地頭さんの顔つきが変わったよ。これから挨拶《あいさつ》に行くから、粗相のないようにな」

大きな唐風の門を抜けると、やはり唐風の屋敷が立っている。屋根瓦《やねがわら》は緑色だった。

陳が門前で名を告げると、少しして、僧侶《そうりょ》のように頭を丸め、顎鬚《あごひげ》を伸ばし宋服を纏《まと》った謝国明が出てきた。

「ご無沙汰《ぶさた》しておりました」

「陳か。ほれ、ほれ、まずは入って饅頭《まんじゅう》でも食べて行け」

謝国明はいった。

若い女が二人を部屋に案内した。すぐに茶が出される。

陳は、対馬で仁風と出会ったときのことを少しばかりの脚色を付け加えて謝国明に話した。

「そうしたらこの子が、宋風の味付けで売ればいい、といいましてな。みんなが珍しがって買うと」

仁風は俯《うつむ》いた。〈商才のある子供〉として紹介されているのはわかったが、ただ恥ずかしいだけだった。だされた饅頭を口にしたが、緊張していてほとんど味がわからなかった。

「七歳というので、親御さんに話をして、人攫《さら》いのように対馬からもらってきてしまいました」

二人が笑った。

「有望、有望。次世代を担う器よの」謝国明は仁風に視線を向けた。「いいぞ小僧。学べ、励め。その年で寧波と博多を往来しておれば、将来は思い描いたことが好きにできるようになるさ」

「ありがとうございます」と小さく言う。

「貿易のこつは、驚きと喜びだ。驚きと喜びのあるものは売れる。七歳でそれがわかっていれば安心よ。実はわしは船が嫌いでな。揺れるわ、酔うわ、死ぬかもしれんわ、碌《ろく》なもんでない。だが、これをあそこまで運んだら、向こうの民がどんなに驚いた顔をするか、喜ぶか、と想像してしまうと、これがもうやめられない」

謝国明はひとしきり話した後、困ったことがあったらいつでもここに来なさい、と仁風にいった。

謝国明の館からの帰りがけ、仁風は妙に気分が浮きたっていた。謝国明の言葉は、仁風に、憧《あこが》れを与えた。人々に驚きと喜びをもたらす人物に、自分もなりたい、と思った。自分を一人前になるよう育ててくれている陳が神様のように思えてきた。

陳は貿易船に乗るときは必ず仁風を連れていった。仁風はときに日本語の通訳として、ときに陳の指示を伝達する使い走りとして活躍した。

寧波の港からは、書物や、陶磁器や絵画が船に積まれた。日本の商人が買うのである。日本からは世界一切れ味の鋭い日本刀や、材木などの資源を運んだ。

陳の船は、日本、高麗、宋の三国を巡り続けた。博多との行き帰りには対馬《つしま》に寄港する。仁風はその間、家族たちと会った。時には土産物を持っていった。

成長した仁風に、島のものは憧れと羨望《せんぼう》の眼差しを向けた。父母や兄弟は仁風がくるとはにかみながら、一緒に食事をした。

2

高麗の港町・釜山《ぷさん》のことである。

十八になった仁風は、高麗人の商人の邸宅にいた。陳は少し遅れてから合流するとのことで、別行動をとっていた。

仁風は高麗の商人と机を挟んで、景徳鎮《けいとくちん》の輸入について商談とも雑談ともいえない話をしていた。

そこに、先輩船員である楊《ヨウ》が駆けこんできた。

「たいへんだ。仁風」

「楊さん。どうしたんですか」

楊は息せききっていった。

「仲間たちが、陳さんも」

一刻ほどまえ、陳と配下の船員数名で町を歩いていた。そこに、唐突に武器を帯びた兵士たちが現れたという。

彼らのいい分はこうだった。

昨晩、酒場の裏手で殺人事件が起こった。死体は男が二名。聞き込みしたところ昨日の夜、酒場で宋人の集団を見たというものたちがいる。おまえたちが酔って喧嘩《けんか》したからにちがいあるまい。

「陳さんが？　酔って人殺し？　ありえない」

濡《ぬ》れ衣《ぎぬ》もいいところだった。昨晩は、酒場になど誰もいっていなかった。

「俺はたまたま便所に行っていて、みんなから少し離れていたんだ。それで野次馬に交ざる恰好《かっこう》になっていた。奴らいきなり陳さんたちを殴る蹴《け》るだ。それであっという間に縄に繫《つな》いで連れていっちまった。俺はそのまま距離をとって路地に入って、うまく逃げてきたが、このままだと大変なことになる」

仁風は絶句した。

「連れていっちまったって、一体どこに」

「投獄だろう。わからん。悪くすれば陳さんは、処刑。芋づる式に俺たちも、みんな処刑か奴隷。船と積み荷は没収」

「そんな馬鹿な。濡れ衣ですよ。いくらなんでも、すぐに疑いは晴れるでしょう」

「いや、違うんだ。服でわかったが、兵士は蒙古《もうこ》の奴らだったぞ」

楊は声を震わせていった。

「なんですって」

場の空気が凍った。

全世界を手中に入れんと版図を広げ続ける蒙古の帝国は、その当時、既に高麗を服属させていた。高麗のあちこちに蒙古の屯田兵がいた。

蒙古の帝国が次に侵攻するのは、南宋《なんそう》である。クビライ・ハンが最優先させていた政策は江南の富を手に入れることであり、南宋の商人は、蒙古兵からすれば敵国の人間なのだ。

「向こうは濡れ衣だってことは百も承知。こちらが何者かも知っている。南宋人にいいがかりをつけるためのでっちあげよ」

楊は沈痛な面持ちでいった。

「仁風。慎重に動かないと俺たちも危ない。船も、おそらくは捜査の名目で、積み荷ごと没収となる。それがあいつらの狙いなんだから」

冷たい汗が仁風の背中を流れる。

「ぼくは陳さんに本当にお世話になっているんです。なんとか命だけは助けてくれないかと兵士に嘆願できませんか」

「そんなこたあ、わかってる。俺もそうしたい。だが無理だ。嘆願が通じるものか。それをすれば俺たちも罪人の仲間として投獄されて、終わりだ」

そこまで話したところで、高麗の商人が口を挟んだ。

「すまんが、急いで出て行ってくれ。あんたたちが悪くないのはわかっているが、とばっちりをくいたくない」

楊と仁風は波止場に向かった。

船には既に蒙古の兵士が何人もあがっていた。

船から下りてきた数人の蒙古の兵が、鋭い目つきで楊と仁風を見た。二十代に見えるまだ若い兵士たちだった。みな腰に刀を下げている。

兵と目が合った。

楊は一歩後退して、高麗の言葉でおずおずと、私たちの船に何か御用でしょうか？ときいた。

楊よりもいくらか年下であろう若い蒙古の兵は、にっこりと笑うと、間髪いれずに楊の顔を殴った。髪を摑《つか》むと笑いながら殴り続けた。殴打に理由があるとすれば、俺に堂々と話しかけるなど、なめているのか？といったものにちがいなかった。

仁風は止めさせようとしたが、身動きできなかった。いつの間にか、両脇に兵士が立って仁風の体を押さえていた。

その日のうちに楊と仁風は投獄された。

楊と仁風は同じ牢《ろう》に入れられた。捕まった場所が別だったからか、陳たちとは別の牢だった。

飲まず食わずで一日が過ぎ、翌日には拷問交じりの取り調べが行われた。罪を認めず死罪となるか、罪を認めて労役をするかどちらかを選ばされた。

仁風は奴隷労働の道を選んだ。

ようやく一杯の水をもらったとき、仁風の心にあったのは「水が美味《うま》い」という感慨だけだった。

華やかな日々は終わりを告げ、奴隷の日々が始まった。

3

蒙古の皇帝クビライは、日本に何度も国書を携えた使者を送っていた。国書は、日本が大蒙古帝国の属国となるか、戦争をするかの二択を迫っていた。

鎌倉幕府の執権、北条時宗《ほうじょうときむね》は、蒙古の国書を黙殺し返答しなかった。

そのため、クビライは高麗に、日本を侵略するための船を年内に、九百隻造るように指示をした。

高麗からすれば、強引で無茶な指令だった。あらゆるものが足りなかった。資金、資材、時間、労働力。造船所には夜遅くまで篝火《かがりび》が灯《とも》った。

捕縛から一年後。

仁風は合浦《ハッポ》の造船所にいた。

そこでは数百人の高麗人と、千人を超す奴隷が忙しく立ち働いていた。あちこちで怒声がとびかっていた。

木材、鉄板などの資材を運び、木を削り、釘《くぎ》を打つ。寝る間はあったが、食事と短い休憩をぬかせば、起きてから眠るまでずっと労働であった。

日本を攻めるための船だということは知っていたが、どうにもできなかった。逃亡は死罪。毎日胸の中がもやもやして、気が変になりそうだった。

共に捕まった楊をはじめとして、何人かの船員仲間も仁風と同じ造船所で、奴隷として働いていた。陳と一緒に捕まった仲間によると、陳は労働を拒み、そのまま濡れ衣の罪で処刑されたということだった。

一ヵ月ほどで、楊も病気になって死んだ。

死体は無造作に側溝に捨てられ、土をかけられた。

楊が死んでからほどなく、仁風は蒙古人の高官に個室に呼び出された。

高官の個室には黒熊の毛皮が敷かれ、白磁の壺《つぼ》に花が活けられていた。

高官は髭《ひげ》を整え、華美な服を着ていた。仁風を見ると優しげな様子で微笑んだ。

仁風は揖礼《ゆうれい》をした。

「実はな、おまえが倭国《わこく》の言葉を話せると聞いた。いや、何、隠さんでよい。どこで生まれたのだ？　何人か？」

自分は対馬で生まれた日本人である、とここで答えるのはあまりに危険すぎた。日本へ攻めるための船を造船している場所なのだ。同じ奴隷労働を強いられているかつての船員仲間たちにも、日本人であることが知られたら嬲《なぶ》り殺しにされるから、生まれも育ちも南宋人であるということにしておいてくれと口止めを頼んでいた。

「私は南宋生まれです。倭国の言葉は貿易船でよく博多に行くので、それでおぼえました」

高官はほほう、と身を乗り出した。

「南宋のどこ」

「寧波です」

「寧波に帰りたいか。故郷が恋しいか？」

南宋も蒙古の敵国なのだから、南宋への愛を主張するのもまた危険だった。仁風は慎重に答えた。

「寧波で生まれたというだけで、後は船の上で暮らしているようなものですから、どこが故郷ということはありません。何人かといえば、海上人とでもいいたいぐらいで──」

男はいくつか世間話のような質問をした後、蒙古──数年前に定められた国号、大元《だいげん》について語りだした。

「大元はな、若い国だ。知っての通り覇道のさなかにあり、無数の民族を取り込んでいる。家柄自慢のもの持ちは蹂躙《じゅうりん》され、全てを失うやもしれんが、持たざる者は蒙古《もうこ》人でなくてものし上がっていくことができる。科挙制度もとっておらん。人の価値は試験の点数でも、出身民族でもないのよ。実力のある人間、能力のある人間、功績をあげた人間は、良い地位に立つことができるんだ。何人であるかよりも、何を為したかで立場が決まる。正しいだろ？　人の一生は一度しかない。歴史は海のうねりのような大きな力が創る。個人の力では変えられん。強いものにつけ。そこで自分を活かせ」

はい、と仁風は返事をした。どれだけ出鱈目《でたらめ》なことをいうのだ。おまえたちは陳さんを濡れ衣で殺したのだぞ。楊さんはここで死んだ。どこに捨てられたかわかるか？　この造船所の裏の側溝だぞ！　と叫びたかったが、叫ばなかったし、顔にもださなかった。

「もちろん、大元に忠誠を誓って、造船業に従事させていただいております」

「よろしい。ではおまえは、南宋人の奴隷ではなく、これより、もう大元の民だ。そういうことでいいか？」

「はい、光栄です」と仁風は答える。高官は「よし決めた」と呟《つぶや》くと、身を乗り出した。

「どうもおまえは、今俺が探している人材のようだ。特別の訓練をした後、倭国へ潜入する任を与えようと思う」

「潜入？」

「知っての通り、今年中には今建造している船団にて倭国へ遠征する。先に間諜《かんちょう》を博多に潜ませておきたい。だが倭国語の話せる人材がなかなかおらん。おまえを推そうと思うが、できるか？」

高官は少し声を落した。

「できるなら、罪を免除してやろう。おまえは奴隷から、大元の兵に昇格するのだぞ」

「できます」と答えると、高官は、では免罪、とあっさりいった。

その日の午後には、もう仁風は造船所の外にいた。


博多潜入部隊は、旅楽隊という名の組織だった。総勢十五名。

その任務の主たるものは、博多に潜伏し、博多の主要施設や、行政機関に対する情報を収集し、地図を作製、密書にして送るというものだった。

もともと本物の南宋《なんそう》の商人として、博多に何度も顔を出している仁風は、まさに適任だった。


初の顔合わせは、役所の奥の部屋で行われた。

隊長は三十代半ばの蒙古人、安平《アンピン》。副隊長は筋骨たくましい遼陽《りょうよう》出身の青年、紀千《ジイチエン》。その他、高麗人と蒙古人で構成されていた。

酒を呑《の》みながら順番に自己紹介をした。

「私は南宋出身の、仁風と申します。今まで主に倭国との貿易船に乗っていました。今回は皆様に、倭国の言葉を教え、また現地では博多の地理、また倭国の作法を教え、皆様を案内する任をいただいております」

挨拶《あいさつ》が終わると、みなが、よろしくお願いします、といった。

自己紹介が続いていく。

一人だけ部隊に女がいた。肩のあたりで髪を切りそろえ、すらりとした長い手足に、整った顔立ちをしていた。宝石がたくさん嵌《は》まった銀の腕輪をしている。懐に鼬《いたち》に似た細長い生き物がおさまっている。

「私は、鈴華《リンホア》という名です。蒙古に滅ぼされた金の辺境の村の出身で、そこで神に祈る仕事をやっていました」

女はか細い声でいうと、一同を見渡し、溜息《ためいき》をついた。滅ぼされた国の人間が兵に編入されることは特に珍しくもなかったが、女というのはやや異例だ。

みな静まって女に注目している。

「神と対話する巫術師《ふじゅつし》でしたが、今は……その、蒙古に、尽くす所存です。女だと思わずに、仲良くしてください」

女の懐から鼬が顔をだし、黒い目で周囲をみまわした。一同はなんとなく和んで笑った。

鈴華は少し穏やかな表情になると、鼬の頭を撫《な》でた。

「この動物は、私の神の使い、リリウ。こちらもよろしく」

金色の毛に白い筋が入った美しい鼬だった。するりと女の懐から抜けると、どこかに消えた。

「我々の主な任務は諜報《ちょうほう》だから、女だからこその使いどころがあるやもしれん。そんなわけで参加してもらった」安平がみなを見回していった。「もと巫術師ということで、先行きを占ったり、我らの任務の成功を祈願してくれるやもしれんな」

後に、鈴華はこの計画の責任者であった高官の元愛人で、情愛のいざこざの後、博多行きの間諜に志願して編入されたという真偽のほどのわからぬ噂が、仲間内で囁《ささや》かれた。

隊長の安平は酒をあおると立ちあがりいった。

「この任務で手柄をあげ、大元の大勝利を導くことができれば、全員が昇進するはずだ。なあ、みんな民族が違うだろう。新しい時代の始まりは常に大きく混乱するものだ。いずれ全てが一つの旗の下にあり、それが当たり前だという世がくる。恨みつらみがあるならば、隣人ではなく時代を怨《うら》もう。今日から我らは戦友にして家族。我らの子供は全員元人。さあ、共に助け合い、任務を成功させ、未来を摑《つか》もうぞ」

合浦にて仁風は、日本語の講義を毎日行った。

みな熱心に仁風の講義を聞いた。日常会話や挨拶のやりかた。講義が終わるとみなと酒を呑み交流を深めた。

知りすぎているのもおかしいと思い、日本についてあまりにも深い質問をされたときには、知っていても知らぬふりをした。

旅楽隊の十五名には粗暴なものは少なかった。武芸の心得はみなそれなりにあったが、剣よりも書物が似合うような者が多かった。地図を作る潜入任務には、すぐ揉《も》め事《ごと》を起こす種類の人間は向いていない。適性を考慮して選ばれているにちがいなかった。

日本は黄金の国であると信じている十八歳。残してきた恋人のことばかりが頭にあり、世界の情勢など頭に入っていない二十四歳。手柄をたてて、官位を得て、みなを見返したいという思いに燃えている二十歳。時間があれば動植物の調査をしたいという三十歳。話しているうちに親しみがわいた。

仁風は夜に一人床につくと、闇の中で得体の知れない複雑な感情に襲われた。

――俺は恩人である陳さんを殺した憎むべき国の一員になり、そして、己の故国を破壊する手伝いをしている。

己はもはや蒙古人だと思いこむことができれば楽だったが、そんなことを思えるはずはなかった。

だからといって、一人で剣をふりまわしてどうにかなるようなものでもない。旅楽隊の隊員を殺したところで、彼らは陳の直接の仇《あだ》ではないし、蒙古と高麗の日本遠征がそれで中止になるわけでもない。流されるより他はなかった。

4

仁風と旅楽隊の仲間たちは、合浦から釜山《ぷさん》の宿舎に移った。共同生活が始まった。

隊長の安平は、近くに家を一軒借り、仁風たちとは別に暮らしていた。隊は合浦のときと同様に、夕方から夜にかけて、仁風が宿舎で日本語を教える時間を作っていた。安平は講義の時は家から通ってきていた。

ある日、安平は宿舎に馬頭琴と路銀の入った袋を忘れていった。

仁風はそれらを届けるために、安平の家に向かった。

玄関に足を踏み入れると、男女が睦《むつ》みあっている声――主に扇情的な女の声――が漏れきこえてきた。

仁風は躊躇《ためら》った後、水を差しては悪いと思い、家の外で待つことにした。

しばらくして、外の通りに女がでてきた。見れば鈴華だった。

鈴華は仁風たちと同じ宿舎で暮らしていなかった。女ということで隊長と同じく別の家があてがわれているときいていたが、なるほどこんなことになっていたのかと思う。

鈴華は道に立っている仁風に気がつくと、にっこりと笑った。

「あら先生」仁風は語学を教える役柄から、先生と呼ばれることが多くなっていた。

「こんにちは。どうしました」

「ちょっと隊長の家に忘れ物を届けに行こうと思いまして。ちょうど今来たところです。偶然ですね」

「そうね」鈴華は頷《うなず》くと、細いがしっかりとした声でいった。「私は、隊長の妻というわけではありません」

仁風は面喰《めんく》らった。

「え？　あ、いや、別に、そんなことは」

「隊長は故郷の村に妻子がいるんですって。仁風さんは、女はどんな男のところに走っていくかご存知?」

「さあ」首を捻《ひね》った。「恋する者のところに、ですか?」

「違います。生き残れる者のところにです」

鈴華の顔からは笑みが消えていた。

なるほど、と仁風は思った。彼女は蒙古《もうこ》に故郷を滅ぼされたといっていた。蒙古人の安平に抱かれるのがどんな気持ちかわからないが——そういう割り切り方をしたらしい。誰の情婦なら生き残れるか。

鈴華の体を鼬が駆けのぼる。

「その、リリウも倭国《わこく》へ連れていくんですか」

仁風は話を変えた。

「そのつもり」

鈴華は去っていった。

リリウは不思議な生き物だった。よほど懐いているのか、彼女の体を離れてどこかに出かけても野生に戻るということがなく、いつのまにかまた彼女のもとにいる。リリウがいれば、目立つはずだったが、彼女が連れていきたいといえば異を唱えるものはいなかった。

鈴華が隊長の情婦となっていることはすぐに、隊の仲間にも知れ渡った。みなどこか鈴華には遠慮するようになった。やがて今更隠さずともと思ったのか、二人は連れだって宿舎にくるようになった。


春の終わりごろ、仁風と旅楽隊の一行は釜山から対馬《つしま》を経由し、博多に向かった。

旅楽隊はまずは宋《そう》人のふりをして、大唐街にある宿屋に宿泊した。

その後、宿を変え、今度は日本の服——小袖《こそで》と袴《はかま》を着て、日本人になりすますと、情報収集を繰り返した。

街道を調べ、橋を調べ、役人の詰め所を調べた。

どこを占領すれば戦局が有利になるか、どの橋を落せば敵兵の動きを止められるか、どこに火を放てば大きな被害を与えることができるか。みな夜になると蠟燭《ろうそく》を灯《とも》しながら小声で議論した。

博多は、蒙古からの国書を黙殺した国の港にしては、あまりにも無防備かつ無警戒であった。

仁風は一度、女郎屋の女に、それとなく元のことをきいてみた。だが、仁風が話した女は元という国自体を知らなかった。女は博多で生まれ、博多から一度も出たことがないといった。女にとっては京や鎌倉でさえ一度も行ったことのない遠方の地であり、蒙古など本当に存在するのかもわからない、異世界の勢力だった。幕府が異国の国書を破棄したことも、御殿に住む自分とは違う世界の人間が勝手にやっていることで、関心もないという。

弛緩《しかん》した緊張感のない町を見ていると、自分が話した遊女だけが特別に鈍いわけではないように思えた。

町の地図を作り、商家や、御家人の館などの位置を確認し終わると、自由な時間が多くなった。

仁風は仲間に、街を散歩してくる旨を告げて外にでた。

路上で毬《まり》を蹴《け》って遊んでいる子供たちがいる。一匹の仔犬が交ざって、興奮して飛び跳ねている。

角に立つ松の木の下で、赤子を抱きながら世間話に興じている女がいる。その脇を野菜を積んだ牛車がのんびりと通り過ぎていく。

生きて博多に立った己が、何をせねばならないかなど、最初から決まっているではないか？

仁風は尾行がないことを確認し、謝国明の館に向かった。

唐門の前で人を呼び、でてきた妙齢の女に、自分は旅の商人で、謝国明さんにお目通り願いたいと頼んだ。

だが、女は表情を曇らせ、謝国明はもう亡くなったと告げた。

胸に穴をあけられたような虚無に襲われた。海の向こうの情勢を、現実の脅威として理解でき、なおかつ大きな影響力を持つ存在を他に知らなかった。

「どのようなご用件だったのでしょう？」

脱力した仁風を気遣うように、女はきいた。

「いえ、いや、それは」

簡単に口にだしていえることではない。

「博多の外から来た方ですか？」

「ええ、はい」

「不思議な方ね。お仕事の話でも、世間話をしにきたのでもなさそう。でも、門前で話せない重要な用がある――深刻な顔をしているもの」

女は仁風をじっと見てからいった。

「謝国明は、私の祖父です。亡くなる前に、次のようなことをいっていました。ことによれば、自分が死んだ後に、蒙古の侵略について、重大な知らせを持ってくる旅人が現れるやもしれないと」

仁風は目を見開いた。

「祖父は、誰が知らせをもって来るかはわからないが、何かが起こるなら、真っ先に自分の耳に入るはず――といっていました。自分が死んでもその報《しら》せを逃さず、もしも来たらいよいよ用心し、行動せよといっていました。そのことなのですか？」

屋敷に招き入れられると、お茶をもらった。椅子に座り、唐風の机を挟んで女と向かい合う。

仁風は考えながらゆっくりといった。

「私は宋と日本、ときには高麗を巡る貿易船で働いていた対馬人です。幼いころから船上の人間で、存命中の謝国明さんにご挨拶《あいさつ》したこともあります。ご推察の通り、本日、ここにやってきたのは対馬、壱岐《いき》、そして博多の危機を報せるためです」

仁風は話した。

高麗と元が連合して造船していること。船団が完成したらすぐに攻めてくること。その時期はおそらく後三ヵ月もないこと。

女は呻《うめ》いた。

「祖父のいっていた通りですね。未来を見通していたみたい。博多は……どうなりますか」

「造船予定は九百隻でした。数万の兵が押し寄せてくると考えるべきです。町は焼けるでしょうし、博多を占拠して後、そのまま侵攻が続けば、国そのものが滅びかねない。蒙古は戦争慣れしている連中で、かなりの苦戦を強いられるかと」

女は仁風を見据えた。

「なぜそんなに詳しいのですか？」

「答えられません。ただ、確かな情報でなければここにはきません」

「血を流さずに済む方法は？」

「国書を黙殺した時点で、もうありません」

しばらく女と話をしてから、仁風は暇を告げた。

ことによれば、正体不明の曲者《くせもの》と捕えられるか、と思ったが、屋敷を出ても誰も追ってはこなかった。


謝国明の館を出ると夕暮れの風が吹いていた。

不意に仁風はしゃがみこんだ。そして大きな大きな息をついた。涙が溢《あふ》れた。涙はぼたぼたと地に落ちた。

造船所での強制労働以来、ずっと押し殺していた胸のつかえがとれたのだ。

陳や楊、無数の人々の顔が胸に浮かんだ。

対馬の家族のことも心配だった。それについては、謝国明の孫娘に手紙を託した。できる限り早く対馬を離れるようにとの内容だが、先のことはどうなるかわからない。


翌日、外を歩いていると、鈴華が後をついてきた。

「仁風先生、どちらに」

「昼飯にうどんでも」

宋から輸入された麺類《めんるい》は、博多の名物となっていた。

「私も一緒にいいですか」

もちろん、と答えた。そろそろ仲間たちとの付き合いも半年を越えた。仲間内から聞いた話では、鈴華は副隊長の紀千とも体の関係を持ち始めたらしい。そのことは旅楽隊の誰もが知っていたが、みな話題にだすのを避けていた。乗り換えたわけではなく、安平とも続いているようだった。

店に入ると、うどんを頼んだ。鈴華はじっと仁風の顔を見ながら、小首を傾げた。

「仁風先生、貴方《あなた》、隠しごとをしていません？」

仁風は冷たい刃物を心臓にあてられたような気になりながら「何のことです」ときいた。

「私が巫術師をしていたことは話しましたよね？　我が故郷の巫術師は、千里眼を持ち、人の心を読むんです」

「なるほど、それは凄《すご》い」

「茶化して。それでね？　仁風先生って少し怪しいなって」

「何が」

「南宋人《なんそう》なのに、倭国《わこく》の言葉がうますぎるでしょう？　いくら貿易船に乗っていたといっても博多に馴染《なじ》みすぎているでしょう？　それだけじゃない。貴方の内側で、感情の揺らぎを感じる」

仁風は微笑んだ。

「なるほど。つまり、褒めていただいていると。正しい発音、語学を教えるには、いい教師だったということですな？　巫術師の千里眼では、他に何か見えますか。感情の揺らぎとは美しいあなたと対面して、どぎまぎしているということを見透かしているということですか」

鈴華はそこで口の端に笑みを浮かべた。

目を見開き、仁風を凝視したままいった。

「仁風先生の中に私が見ている色を語れと？　今の貴方は、動揺、焦り、警戒。まあそれはいいでしょう。驚くべきは昨日の貴方。昨日の仁風先生ときたら、大任を果たし一息ついたような色。たとえば重い物を山の頂上まで運び終わったときのような」

仁風の笑みが凍った。

謝国明の館に向かったときは尾行に気をつけた。不自然なことは何もなかったはずだ。この女が本当に人の心を読めるのだとすればまずい。しかし、ここで動揺を見せてはいけない。

仁風は、なんのことかわからない、というように首を捻《ひね》ってみせた。

「あの、どんな想像しているのかわからないですが、あまり人聞きの悪いこと、いわないでくれますか」

鈴華はふふ、と笑った。

「センセ。どきっとしたでしょ？　いや、そうじゃないの。気にしないで。このことは誰にもいいません。それに私は仁風先生を否定しない。むしろ、応援しているの」

仁風は腕を組んで鈴華を見る。華奢《きゃしゃ》な体つきに、美しく整った顔立ち——だが、その皮膚の下に、全く別の生き物が棲《す》んでいるような居心地の悪さを感じた。

「応援って」

「滅ぼされた国の女が、本当に蒙古《もうこ》の繁栄を願っているとでも思っていますか？」

鈴華の眼差《まなざ》しは冷たい。彼女は囁《ささや》き声になっていった。

「ここだけの話にしておいてくださいね。あいつらは叩《たた》きのめされて泣きながら引き揚げればいい。私は貴方の味方です」

沈黙があった。何もいわないほうがいいと仁風は判断した。彼女が自分で語った経歴――蒙古に滅ぼされた金の辺境出身――からして嘘で、最初から旅楽隊内部に裏切り者がいないかを探る任を負っている、という可能性も大いにある。

うどんが運ばれてきた。

「ただ、私は仁風先生に、自分は敵じゃない、といいたかっただけ。さあ、うどんを食べよう。ここの、うどんは、博多の味って感じで最高」

ふっと仁風は息をついた。

「鈴華さんの故郷はどんなところでした？」

鈴華の表情は少し暗くなった。

「前にもいったけど、もと金の辺境。窮奇《きゅうき》を祀《まつ》る村でした。ちなみに金になる前は西夏の領土でしたね。戦争ばっかり」

「窮奇とは」

どこからともなくリリウが現れ、彼女に駆けのぼると、首のまわりをぐるりと回り、また消えた。

「まあ、一種の神獣ですね」

「リリウ？」

「違う。リリウは窮奇の使いといわれているけれど、窮奇そのものではないの」

鈴華は窮奇について話した。


窮奇は角の生えた大きな生き物。虎のようでも、牛のようでもある。

私の育った村のはずれには、洞窟《どうくつ》があり、その奥で、白い岩の切れ目から血が流れ出しているところがあった。

巫術師たちは、それを「窮奇の血」と呼び、器にとると、山羊《やぎ》の血に混ぜて呑《の》む。日がな一日中、窮奇について、仲間の巫術師たちと語る。地面に窮奇の絵を描いたり、窮奇が現れた物語を話したり、窮奇について論じたりして過ごす。

やがて、あるとき窮奇の影を見る。

野原の道を、窮奇の影が通り抜けていったり、城壁に、窮奇の影が映っていたりするようになる。

窮奇の姿を夢に見る。その存在を感じるようになる。

「普通の獣とは別の在り方をしているけれど、巫術師ならばみな日常的に見るものよ。巫術師でないものでも時には見る。村が滅ぼされたとき、窮奇は私の中に入ってきたの。おまえが最後の巫術師なら、私はおまえ自身となろう、とね。今、私は窮奇で、窮奇は私」

仁風は頷《うなず》く。何のことやら。

「そんなわけで千里眼を持つ。それで先生のこともわかった。代わりに私の人の心は……どこかに行っちゃった」

なんとなく意地悪な気持ちになっていった。

「鈴華さんは、生き残れる男に媚《こ》びる、でしたっけ？」

鈴華はすましていった。

「そんなこといいましたっけ？　ここ博多では、先生が一番生き残れそうね」

鈴華はその後、仁風に寄ることも、深く話すこともなかった。また言葉通りに、仁風について見抜いたことを他言することもなかった。

仁風は警戒を緩めなかったが、それ以後、鈴華をどこか仲間のように感じ始めた。胸の奥で思いが共鳴しているものが近くにいるのだとすれば、孤独な戦いではない。

鈴華は何度かみなの前で祈禱《きとう》をした。任務成功の祈禱である。

「大いなる窮奇の加護がありますよう。風が貴方を護りますよう」

膝《ひざ》をついた男たちの頭を撫《な》で、額に接吻《せっぷん》をする。

妙齢の美女の祈禱を受けると、男たちはみなどこか嬉《うれ》しく安らいだ顔になった。鈴華は文書にも呪文を記した。文書が窮奇の加護を受け、無事に高麗の元軍のもとに届くようにとのものである。

九月の晩、旅楽隊は隊員の一人に文書を持たせ、高麗に向かう船に乗せた。

文書は、博多にある蔵や商館の位置、港の防衛力や、上陸した後、蒙古軍が大宰府へどのように進路をとるべきか、さらには武士や町民たちの様子も記してあった。

「本隊、凄いんだろうな」

波止場で旅楽隊の一人がぽつりと呟《つぶや》いた。

5

《文永十一年》
一二七四年　十月二十日
元と高麗の連合軍は、モンゴル人・漢人・女真人・高麗人などで構成されていた。

連合軍は非戦闘員も含めて三万近くになった。合浦を出港した船の数は予定通り九百隻。船団は対馬《つしま》・壱岐を蹂躙《じゅうりん》して制圧すると、そこから博多に向かった。

海沿いの崖《がけ》の上で、仁風は見た。

沖合に、無数の船影。

その四艘《そう》の大型船が、沿岸近くを進んでいる。

四艘の大型船は、船べりに、ずらりと裸の女をぶら下げている。手に穴を開け、縄を通されている。

大半は死体のようだったが、恐るべきことに、首や足を動かしているものもいた。生きたまま数珠《じゅず》つなぎにしたらしい。

対馬、壱岐の女に違いなかった。

わざと沿岸を航行し、本土の民に見せつけているのだ。

――あの中に、旧知のものがいるかもしれない。いや。いるのだ。謝国明の孫娘に渡した手紙が届いていなければ、あるいは届いていても島から逃げていなければ、母や姉や親戚《しんせき》たちがぶら下がっているかもしれない。

猛烈な吐き気をおぼえ、目を逸《そ》らした。動悸《どうき》が激しくなり、目の前が暗くなった。気を失いそうになった仁風の隣で、副隊長の紀千がぼそりといった。

「さすがに、えげつねえな」

崖の上の森で、鴉《からす》や、海鳥が興奮して騒いでいる。

「あれは矢除けにもなる。戦とは惨《むご》いものだ。さあ、我らも本日の本隊上陸後、時機を見て合流するぞ」

安平がみなに声をかけた。

「どうした若先生」

しゃがみこんでいた仁風は、涙目でどうにか苦笑いをしてみせた。

「いえ、いよいよあの本隊に合流と思うと緊張してお腹が」

「なーに、味方でないか。若先生、案外、胆力ないのお？」

みな笑った。

仁風たちが道にでると地面が揺れた。

数百に及ぶ騎馬と武装した武者の群れが、道を駆けていった。

騎馬の一人が、日本人にしか見えない仁風たちにいった。

「おまえたち、逃げろ。蒙古襲来だ」

旅楽隊は混乱の渦となっている博多に近づくと、森の中を通って前線へと接近した。

あらかじめ密書で告げてあった待ち合わせ場所があった。

あちこちで鉦《かね》が鳴っていた。火薬の匂いがした。蒙古《もうこ》の火薬武器《てつはう》の匂いが風に混じっているのだ。

待ち合わせの森につくやいなや、弓矢をもった元軍の集団に矢を射かけられた。

全員が樹木の陰に隠れる。倭人《わじん》の服を着ているから、倭人と間違えられているにちがいなかった。

「味方だ、味方」

安平が慌ててモンゴル語で叫んだ。

「味方だ。先行潜入していた間諜《かんちょう》だ」

しばらく叫び続けると、ようやく矢がとまった。

「こちらにこい」

元の兵が手招きしている。みなそろそろと木陰からでる。

ふと仁風は振り返った。鈴華がいない。ついさきほどまで一緒にいたはずなのに、彼女は忽然《こつぜん》と姿を消していた。

「おい貴様、どうした」

元の兵が威圧的にいった。仁風は慌てて目を前に向けた。

安平は再度、自分たちは間諜であることを説明した。だが、兵たちは話をきいても半信半疑の眼差しで、警戒を解かなかった。

安平が蒙古の出身部族の名をだすと、そこでようやく信用を得たのか、兵の顔は穏やかになった。

「とりあえず捕縛するが、本当ならすぐに縄は解かれる。確認がとれるまで本陣にて、待て」

全員が縄にかけられた後、浜辺の陣営の奥に連れていかれた。


日没近くなった頃。

博多の町は、そこら中が燃え、道には死体が転がっていた。

鎌倉武士はいったん引き、港の一部に元軍が陣取っている。

元の総司令官である忽敦《フードゥン》は、側近と共に小船で博多に上陸すると、捕虜と、傷病兵の間を通り抜けながら急ぎ足で幕営まで歩いた。

殴り合いの喧嘩《けんか》をしている兵がいたが、忽敦と取り巻きの一団が現れると喧嘩をやめた。

忽敦の側近が喧嘩をしていた兵を叱り飛ばすが、言葉が通じないらしく、きょとんとした目で司令官を見ている。

忽敦は胸の内で毒づいた。

――駄目だ。こんな軍。数だけあるが、言葉が通じぬやつが多すぎる。わしが誰かもわかっておらんみたいだし。

元軍は急ごしらえの複合軍で、複数の言語が入り乱れていた。兵たちのほとんどは手柄をたてれば褒賞がもらえるとだけ知らされ、細かい規律は理解していなかった。既に上陸直後から、統制混乱がはじまっていた。

「司令官殿。お待ちしておりました」

配下の兵が数人駆けよってくる。

「うん、じゃ、報告、よろしく」

「申し上げます、司令官殿」

忽敦は、報告を聞き、唸《うな》り声をあげた。

初日の戦闘は、最初は優勢に押していたが、倭国《わこく》の兵は途中から押し戻してきた。そのため、博多に大きな打撃を与えてはいるものの、行政機関である大宰府への侵攻は食い止められているという。

だが、それはたいした問題ではなかった。

上陸して戦ったのは全兵力中の一部。沖に並ぶ船団の兵全てが上陸して戦ったわけではない。今日戦った兵は休ませ、明日《あした》は新しい兵をだす。波状攻撃を休みなく続ければ、どんな敵も崩れるはずだった。

問題は兵糧だった。

潜入させた諜報《ちょうほう》部隊から事前に入った博多の様相は、倭国は戦争慣れしておらず、何の警戒もなく穏やかな暮らしを営んでいるということだった。島国故に元が攻めてくることをほとんど理解していないという。港町だけあって、食料は豊富。地図には豪商の蔵の位置も示してあった。そのあたりを真っ先に急襲すれば兵糧の問題は何もないはずだった。

「全然ないとは？」

「ほとんどの蔵が空となっていたのです」

配下の兵はうなだれた。

「間諜の密書と違うなあ」

「小賢《こざか》しい鼠どもが。事前に運びだしたか」

忽敦の側近が毒づいた。

「どこに行っても同じく空でした。なかには、砂を詰めた袋を置いている米蔵まであり、運び出してから砂であることに気がつく始末で」

「妙に周到だな」

対馬・壱岐陥落の報は事前に博多に届いただろうが、一昼夜のうちにできるのは、せいぜいは店先の持てるだけを持って避難するぐらいだ。蔵の中身を全てどこかに移し、代わりに砂とは……。

「おーい、なんだよお。商人をひっ捕まえて、拷問すれば、すぐにどこに隠したのか吐くだろう」忽敦は苛立《いらだ》たしくいった。「ねえ。それ、もうやった？」

「はい。市中で捕えた捕虜を二十人ほど尋問したのですが、今のところ何も情報は得られませんでした。目ぼしい商家は全て、もぬけの殻です」

忽敦は眉間《みけん》に皺《しわ》を寄せた。

総勢三万人。一日三回食事をすれば九万食が消費される。そもそも兵は大食いが多い。

壱岐戦で手子摺《てこず》ったこともあり、船に積んでいる糧食はどう見積もっても、あと四日ほどしかもたない。

「あとで軍議があるが、高麗の司令官はなんと？」

「背水の陣を敷くべしとのこと」

「おまえはどう思う」

側近は厳しさの滲《にじ》む声でいった。

「やはり天運に頼る戦いになるかと」

忽敦は大敗を予感した。仮に五日間、戦ったとする。敵はひたすら防戦して、場合によっては隠れていてもいい。その間、三万人の腹を満たす兵糧が確保できなければ、こちらの負けだ。

敵地なのだから、敵はどんどん応援を呼んで増えてくる。この先も、こちらの糧食の補給ができないよう手を打つだろう。矢も《てつはう》も数に限りがある。引き際はどこにあるのか？　無論、引くときには、帰りの数日分の食糧も残しておかなくてはならない。天候次第では、帰路にかかる日数は予定より延びる。もとより統率のとれていない大軍が、飢餓状況に陥ったとき起こるのは、少ない食糧を巡っての奪い合い、同士討ちである。

「いや、駄目だ。南宋《なんそう》攻略にも使う大事な兵だ。天運勝負はできんな。俺には全部見えたわ。撤退だ。撤退」

忽敦は、両手をあげた。

長引けば負けるのなら、長引かせる必要はない。初日の今ならば——大元の武威はきちんと示した状況で、兵は温存。食料もぎりぎりで帰れる。撤退は、早ければ早いほどいい。

「ったく、ようやくか、どれだけ待たせるんだよ」

安平は元の兵に縄をほどかれながら、ぶつぶつといった。

「本当に間諜だったようだな。仕方ない。どうも言葉の伝わらん奴が多すぎて、伝達がぐちゃぐちゃになっていてな」元の兵は悪びれずにいった。「じき上のものがくるから、粗相のないよう」

全員の縄が解かれると、みな伸びをした。

「まあ、隊長、でも、これでようやく任務も終わりですし、後で笑い話ですよ」

紀千がいう。

「ふん。今夜は祝杯あげるか」

「長かったっすね。いやホント一杯やりたいですわ」

既に日は沈んでいて、冷たい潮風が吹いていた。

仁風が博多の町に目を向けると、雲に火災の赤色が映えた。あちこちで煙があがっている。

後はどこで、彼らと離れるか、だ。

離脱の隙を探しているうちに成り行きでここまできてしまったが、仁風は元の船に乗るつもりはなかった。報告後、さりげなく隊を離れ、行方をくらまそうと考えた。


馬に乗った武官と数人の兵がやってきた。

旅楽隊は全員膝《ひざ》をついた。

「諜報部隊の旅楽隊だな。この混乱で、なかなか伝達が届かなかったが、司令官殿が知っていた。隊長の安平、前へ」

武官は馬から下りると鋭くいった。前にでた安平をいきなり殴りつける。

「おまえたちが事前に密書で送ってきた内容だが、どうも実際の話と違う部分が多くてな。地図に載っていた蔵だが、制圧したものの、どれも空に近い状態だったそうだ。おかげで俺たちには撤退命令がでている」

みな呆然《ぼうぜん》とした。

仁風だけが心の中で、謝国明の館で話した聡明《そうめい》な孫娘の顔を思い出し、快哉《かいさい》を叫んでいた。

旅楽隊の作る文書に記述される予定の諜報内容は、全て孫娘に教えていた。彼女が博多中の商人に、目立たぬように荷を運び出せと指示をだし、また事前に御家人にも情報を流したにちがいなかった。

武官は唾《つば》を地面に吐いた。

「おまえたちは何のために数ヵ月も潜伏調査をしていたのだ？　いい訳もあろうが、いい繕って済む話ではない」

配下の兵が安平を押さえつける。安平の顔はみるみる青ざめていく。

武官は嬉《うれ》しそうに笑みを浮かべた。

「総司令官殿は御立腹だ」

「そんな、嘘だ、私は、私たちは」

抗議をする間もなく、安平は首を刎《は》ねられた。

武官は地面に転がった安平の首を摑《つか》むと、膝をついている仁風たちに掲げ、声音を使っていった。

「副長、前に」

悪趣味極まりない冗談だった。安平の首を斬った兵が、武官の冗談に応じるように噴き出して笑った。

安平の首は白目を剝《む》いている。青ざめた紀千が俯《うつむ》きがちに、あたふたと前にでる。

「ふ、副長、紀千です」

「あっそ。じゃあ、おまえ今より隊長をやれ。いいか。先ほどもいったように貴様らの失態のおかげで撤退命令がでている。当然だが、貴様らの乗る船はない。傷病兵に、捕虜に、戦利品。船は満杯だからな」

武官は笑みを浮かべながら紀千の肩を叩《たた》いた。

「我々は仕切り直し、近いうちに再度、この国を侵攻することになる。おまえたちが名誉を挽回《ばんかい》したければ、そのときと心得よ。次に失態があれば、おまえもこうなるからな。おまえたちは、それまで、倭国《わこく》の民に交ざって暮らしておれ」

「次の侵攻は、いつごろ」

「知るか」

武官は安平の首を持ったまま、馬に乗り去った。

紀千および一同は呆然とするより他はなかった。あまりにも無茶苦茶だった。

仁風もまた、大きく動揺していた。蔵が空だったからといって、まさか安平が斬首されるとは思わなかったのだ。

元の兵は、行け、と追い払った。

一行はのろのろとその場を離れる。

紀千は仁風の脇に立つと、助言を求めた。

「どうしよう」

縋《すが》るような表情には、仁風が裏切ったからこうなったということには全く考えが至っていないようだった。

幸い全員、倭人《わじん》の服を着ている。

責任を感じながら仁風はいった。

「どうしたら良いのか、わかりませんが、とりあえず、ここを離れましょう」


一行は人気のないほうへと進んだ。

元軍の焚火《たきび》や篝火《かがりび》から遠ざかる。

海に目を転じると、母船へと引き揚げていく大量の小船の灯《あか》りが見える。

ところどころで、荷を拾った。誰かが落した短剣や、風呂敷《ふろしき》。

みな一言も口をきかなかった。

びょお、と風が吹く。

どこに行くべきか、と考えているところで、股下《またした》を何かが通り過ぎ、ピッと鳴き声がきこえた。

前方の道にリリウがいて、こちらを眺めていた。

「リリウ」

仁風はそっと声をかけた。

リリウは小走りに先へ進むと、またピッと鳴いた。

仁風は確信した。

鈴華が呼んでいる。

6

町はずれの民家の中に、鈴華はいた。元軍の侵攻により、家人が逃げ出したか殺された家にちがいなかった。

大きな鍋《なべ》が三つ、火にかけられている。野菜や干物が積まれていた。

仁風と旅楽隊の一行が到着すると、鈴華はすましていった。

「無事でしたか」

紀千が前に出た。憔悴しきった顔できく。

「鈴華。おまえはいったい」

何故隊を離れたのか？　ここで何をしているのか？

「私は巫術師ですよ」鈴華は静かに、だが力強く何かを宣言するようにいった。

「朝に崖《がけ》の上で船を見た瞬間、不吉な予感がしたので占ってみたの。そうしたら、今日は私たちに凶事が起こるとの、ご宣託。貴方《あなた》たちに伝えなかったのは、占いで凶がでたからといって、本隊への合流を止めるとは思えなかったから。占いは当たるときもあるし、外れるときもあるから」

そこで独断で隊を離れ、いざとなったときにみなが休める場所を探し、どさくさにまぎれて、あちこちから食べられそうなものを集めておいたのだ、と鈴華はいった。

「それよりも、どうなったのですか？　私の占いは、当たったの？　本隊は明日《あした》も侵攻？」

「いや、それが驚いたことに、今晩で撤退するらしい。あいつら……畜生！　我らの密書の情報が役に立たなかったといいがかりをつけ、安平隊長の首を刎ねた」

「そう」

鈴華は目を伏せた。

恋人であったはずの安平の死をきいても、いささかも動じる様子がなかった。

仲間の一人が、唐突に笑いだした。目には涙がたまり、顔は奇妙に歪《ゆが》んでいた。別の男が背中をさすり、宥《なだ》めた。

「とにかく、他の人は無事でなによりです。あがって食事にしましょう」

みなどやどやと家に上がると、火の前に座った。

誰もが意気消沈し、怯《おび》えていた。この先、高麗へ行く船は長期間でないだろう。

ただ一人、鈴華だけが、妙な気を全身から発していた。

仁風は今ここにいる隊員たちが、みな鈴華にゆっくりと呑《の》まれていくように感じた。

全てを失い疲弊した集団は何か縋るものを探していたし、そこに超自然の力を持ち、先行きを見通した巫女《みこ》が、炎と食べ物を用意して待っていたのだ。闇の中にただ一つ、光が灯《とも》っているようなものだった。

椀《わん》を配って。水を汲《く》んできて。彼女が指示すると、みな何もいわずに、従った。

食事をしながら、誰かがぼそりといった。

「帰れぬのなら、倭人として生きるしかない」

鈴華は皆を見回した。

「かもしれない」

強風が吹き、家屋をがたがたと鳴らした。

その晩、元と高麗の連合軍は、博多湾を出港した。


翌朝、仁風はふらりと一人、通りにでた。

風が荒れ狂っている。

海へと向かった。

博多湾には、船の姿はなく、風で白波の立つ海があるばかりだった。

船乗りであったからこそよくわかる。この海での航行はかなり難しいはずだ。

あちこちが焼失した博多の町には、殺伐とした顔の町人たちが歩いていた。

みな数人ずつで群れ、棒や、刃物といった武器を手にしていた。船に乗り損ねた蒙古《もうこ》兵もいるのだろうから警戒が必要にちがいなかった。

町人のおじさんが、仁風に声をかけた。

「ほおい、大丈夫やったね、兄ちゃん」

「ああ、はい、なんとか」

「もう、チャッチャクチャラ、ばい」

「ほげなこつ。怖かったですね。なんとか隠れとりましたが、蒙古の奴らはどげんなったとでしょうね」

「海ば見たね？　一晩で蒙古の船が全部消えたったい。この風やったら、沈んでしもしたやろうな。ざまいみろたい」

仁風は頷《うなず》いた。

「さっき、地頭さんのきていいよったばってん、まだあちこちに残党がおるげな。やけん気ばつけろて」

「怖かですね」

「あんたも疲れ切った顔ばしとうね。港ばみてこんね。捕まえた蒙古の奴ら、これから首ば刎《は》ねるとげな」

「おじさんはいかんとですか？」

「よかよ。もう、うんざりたい」

町人と別れてから、高台に登る。

港湾の広場を見下ろすと、捕縛された元の残党が、日本の兵に囲まれていた。

十数名が後ろ手に縄で縛られ、裸で正座させられている。その周囲を百名以上の野次馬がとり囲んで、囃《はや》したてていた。

武士が日本刀を構え、一人ずつ首を刎ねていった。

首が刎ねられるたびに喝采《かっさい》が起こった。

仁風はその様子を全員の首が刎ねられるまでじっと眺めていた。

高台を下りる。

さあ、ここまでだ。

ここで、彼らとの縁を切るのだ。

だが、不思議とその足は、旅楽隊が根城にしている家に向かった。

土間に紀千が呆然《ぼうぜん》と立っていた。瞳孔《どうこう》が開き、魂が宿っていない人形のような表情をしていた。

紀千は、隊の仲間が二人、昨晩のうち首を括《くく》って自殺したことを、掠《かす》れ声で告げた。

仁風は軽く頷き、本当に残念です、と呟《つぶや》くと紀千の脇を通り抜け、倒れるように寝床に入り、目を瞑《つぶ》った。

風が世界を吹き抜ける。

海は荒れ、屋根は飛び、木々は枝を傾げ、大雨が降る。

風が止み、音が消える。

どことも知れぬ草原に、白い城壁が延びている。空は黒いほどに蒼《あお》い。

傘のように枝を広げた樹の下で、仁風は裸でまどろんでいた。仁風の胸元には、同じく裸の女が頬をあて、体をそっと愛撫《あいぶ》していた。

これは夢なのだろうと思う。死んだ後にいく世界か、あるいは千年も前にどこかにあった世界か。

女は白い野の花をとると、それで仁風の体をくすぐろうとする。くすぐりながら、仁風にいう。

――ゼンイン、シネバヨカッタトオモッテイルカ？

美しい姿とは別に、人間とは思えない虫の羽音のような声だった。

いいや、思っていない。仁風は答える。心からそんなことは思っていない。女の肌は白磁の陶器のように滑らかだ。

――アナタハ、ナニガホシイ？

平穏。と仁風は答える。

――キン、ギン、ザイホウ。キョウミハアルカ？

――いいや。

金銀財宝は素晴らしかろうが、そこに驚きと喜びがないのなら、それらはただの鉱物にすぎない。今はもう驚きにも喜びにも関心がない。静かに眠れる場所、心が穏やかになる時間。それがあれば何もいらない。

――静かに眠りたい。

――ナゼ、モドッテキタ。

——わからない。すぐに眠れる場所はここだった。
——ワタシガキニナルカラカ？　ワタシヲダキタイカラカ？
仁風は溜息《ためいき》をつく。
——たぶん、そうなのだろう。
——デハマジワリ、ヘイオンヲツクロウ。
仁風は朦朧《もうろう》としながら女を抱き寄せる。体が肌を求めている。女はまるで沼のようだ。
仁風は夢の中で女と交わる。何度も、何度も交わる。
夢が遠ざかり、闇がやってくる。
再び風が吹き始め、あたりは風の音でいっぱいになる。

7

仁風の目が覚めたとき、鈴華は完全に統率者となっていた。かつて生き残れるものに媚《こ》びると語った弱者の面影はどこにもなかった。立ち居振る舞いには、堂々たる古《いにしえ》の女王のような風格すら漂っていた。
鈴華とは対照的に、旅楽隊の男たちは、さらに虚脱し、一様に抜けがらのようになっていた。無口で、無気力で、目に光がなかった。仁風が語りかけても彼らの反応は乏しかった。

隊長を斬首された衝撃と、母国へ帰還する道を断たれた絶望感からそうなっているのだろうと仁風は推測した。

鈴華は彼らに、あちこちから使えるものを拾ってこさせた。彼らは鈴華の命令だけは、特別らしく、指示されるままに、ものを拾ってきた。

仁風は鈴華に、自分が夢うつつのうちに、肌を重ねたのかどうかきかなかった。隊長が死に、副隊長が廃人のようになった今、鈴華が仁風の寝床に潜り込むことはあり得なくもなかった。だが、もし同衾《どうきん》の事実があったとしても、それは曖昧《あいまい》な意識のときに起こった〈ただそれだけのこと〉だと仁風は思うようにした。

師走《しわす》の寒気が厳しくなってきた頃、盗んできた三台の手押し車に荷を積み、一行は博多の町を出発した。鈴華の案である。

夜明けの町を通り抜け、街道にでる。

隊の人数は十一名になっていた。

仁風も、また他の者も、どこに行くのかよくわかっていなかった。

誰も呪術の女王に質問しなかったのだ。

笠《かさ》をかぶって歩く鈴華の背中を見ながら仁風は自問した。

――何故俺はいつまでも蒙古の残党と行動を共にしているのだ？

蒙古兵が去った朝以来の自問だった。情に引かれて惰性で一緒にいるだけではないか。彼らと一緒にいれば、いざというとき自分も処刑されかねない。もはや彼らに対してできることなどない。

「どこに向かっているんです」

荷車の先を歩く鈴華の隣に立つと、仁風はきいた。

「人気のないところ」

「あてがあって？」

「それがないのよ。博多は少し人目が厳しくなってきている。こちらは一軒に十一人もいるでしょう。近隣の者も戻ってきて、あなたたちは何をしているのか、と何度かきかれたのよ。あまりうまくない倭国語《わこく》で適当なことを答えたり、口がきけぬふりをしたり。とにかくあそこはもう離れて人のいないところにいったほうがいい」

「人のいないところなんて、なかなかないでしょうし、あったとして、むしろ目につくのでは」

「確かに、それが問題」

「ちょっとね、ただ漫然と鈴華さんに従ってきているのですがね、そういう隊全体のことは、全部鈴華さんが一人で決めて、やっているのですか」

鈴華は懐から現れたリリウを撫《な》でた。

「そうよ。紀千は、ほとんど廃人になっちゃったし。他の皆も、率いるより従うといったかんじでしょう。ならば私が決めたほうがいい。確かにこれも巫術師の仕事」

「なるほど」

「人が神に縋《すが》るのは弱っているときでしょう。導くことには慣れている。先生の意見なら、参考にしますよ。この人数が暮らせるような良い場所が、このあたりにある？」

「いや、知りません。私は南宋《なんそう》人だから、博多から出てしまうともうさっぱりで」

しばらく無言で歩いていたが、鈴華はふと含み笑いをしていった。

「良かったですね。蒙古《もうこ》が初日で引き揚げることになって。それはそうよ。隊が作った文書の内容を、そっくりそのまま博多側に横流しした男がいたのだもの。考えてみれば、とてつもない功績じゃない？　倭国の歴史書に記載されることはないかもしれないけど、先生はこの国を救った陰の立役者ってことになるのかな」

仁風は答えない。鈴華はなおも楽しそうに続ける。

「後ろを歩く仲間たちは、先生の正体が倭人《わじん》で隊長の斬首や、帰還の道が断たれたのは、実は先生の裏切りがあったからだと知ったら、どう思うかな？」

「いったい何をいいはじめるんです。証拠もないでしょう。前にもいったが、人聞きの悪いことをいわないでもらえますか」

「隊を離れるつもりでしょう？」

仁風はごくりと唾《つば》を呑《の》んだ。また心を読んでいるのか。だが、そうだと答えたら、鈴華がどのように動くのか、その予想がつかない。

「よく聞いて。私は先生の裏切りを知りながら、それがうまくいくよう、誰にも語らなかった。今度は先生が私に協力する番ではないのかな？」

「協力とは？」

「離れたいのはわかっています。でも、どこかに辿《たど》り着くまで、もう少し案内をしてもらってもいいかしら。後二日、いや一日でもいい。誰かに話しかけられたら、貴方《あなた》が対応してごまかして……それで貸し借りなし」

そのぐらいなら、と仁風は思った。そう、最後にそのぐらいなら……それで気持ちよく別れられるなら。

「私たちは、川伝いに山にでも入ることにする。貴方はそこで、そっと隊を離れればいい」

鈴華はさっと後ろを向いた。

仁風もその視線を追う。

荷台は止っていて、その周囲に旅楽隊が呆《ほう》けたように立っている。

そんな彼らに、十人ほどの集団がからんでいた。

鈴華は難しい顔をしている。仁風は溜息をつきながら後ろに戻った。

「ん～。やけん、訊《き》きようとたい？　おぬしは、なし喋《しゃべ》らんとか？」

旅楽隊の若者を、中年の男が小突いている。その隣には金棒を持った大きな男が厳しい目つきで立ち、残りの男達が後ろの道を塞《ふさ》いでいる。

「連れの者が、何か失礼でも？　どうしました？」

仁風は強い不安をおぼえながらきいた。

中年の男は不審の滲《にじ》んだ目を向けた。

「ん～。あんたも仲間ね？　こん人たちは、喋れんと？」

「ああ、この人は、蒙古襲来の日に、家族を殺されまして、その衝撃で心を壊し、言葉が話せなくなってしまったのです。今、田舎に帰るところなんです」

「ん～。こん人はそれでよかばってん、他んとは」

「おんしら、何か？　何ばしよる人か？」別の男が割り込むように質問する。

「何って」仁風はいった。「私たちは、鹿川村のほうからきて、博多の市場で商売をしてきたものですよ。急に蒙古がやってきて店は焼かれるし。お店のほうがそんなだから、ある程度復興のお手伝いをしてから、引き揚げてきたんです」

鹿川村は、さきほど通りすがりの立て札にあった名だ。咄嗟《とっさ》に出てきた出鱈目《でたらめ》だった。

「鹿川村行くとね。したら、方向はあっとうな」

仁風は頷《うなず》いた。

「ん～。商売人か」

「はい」

筋肉質の若い男が、へらへらとした笑みを浮かべながら前にでた。

「なんか、おれらの仲間がくさ、おんしらが茶店で休みよった時、何ば運びようとかなって荷台の覆いばめくってみたら、刀のたくさんあったとたい。それっちゃ盗品やろ？博多で戦のあったときにどさくさにまぎれて」

仁風は言葉に詰まった。

鈴華は焼けた町から日本刀を拾わせていた。日本刀は海の外では、貿易の主要な品目に挙げられるほど人気がある。うまく売れば財産にもなるのだ。

「いや、それはその、申し訳ない」

ここで数を揃えて絡んでくるということは、見逃すつもりはないのだろう。よく見ればみな棒や、木刀、鎖、鍬《くわ》などの武器を手にしている。

「ん〜。申し訳ないじゃなか。辻《つじ》や広場の高札にもお触れ書きの出とったやろ、拾うた刀の所持、転売は、ご法度ってなっとったろうが。刀ば拾うたら、すぐにお役人さんに渡しんしゃいよって」

「さようですか。はい。もうすぐに、この次にあったお役人さんに渡しますんで」

「こげんも人数がおって、おぬし以外にきちんと喋れる人おらんとや？」

「いや、それは」

「あ、そうだ、鹿川村の奴おったね。おいっカッちゃ。おまえ、鹿川村やったろう。こいつらの顔しっとうや？」

カッちゃと呼ばれた男は、しかめっ面で一同を眺めまわすと、全く知らん、といった。

その次の瞬間、仁風はきいた。

耳ではなく、頭の中に響く、鋭い命令の声だ。

《全員、武装、抜刀》

鈴華の声だった。

えっと仁風は立ち竦《すく》んだ。

それまで、呆けて立ちつくしていた旅楽隊全員が、一斉に言葉もなく荷の中に手をいれ、刀をだすと、間髪いれずに鞘《さや》から抜いた。

ただ仁風だけが取り残されていた。

地元の日本人たちに、鈴華の声は聞こえていないらしく、武装への反応は一呼吸遅れた。

筋肉質の男が目を剝《む》く。

「おいっ何を、おまえら」

命令の声が続いた。

《殲滅《せんめつ》しろ》

仁風の両脇を、刀を持った男たちが、飛びだしていく。

地元の連中は、及び腰になった。

ん〜が口癖の中年男の首が、ぱっくりと裂け、血が噴きだした。

「やめろ」

仁風は叫んだ。が、声がでていたかどうかはわからない。

刀が肉を斬る音。血。

「こん畜生！」

金棒をもった男が怒声をあげて向かってくる。

一人が金棒に打たれて吹き飛ぶが、その隙に別の一人が斬りつける。

旅楽隊は、速度のある無駄のない動きをしていた。それが仁風には理解できなかった。少なくとも仁風の知る限り、特にこのような状況を想定した訓練をしたことはなかったし、現在生き残っている男たちのほとんどは武というよりは、文、といった向きであった。

鍬を構えた若者が向かってくる。

仁風は慌てて後退した。

道の端まできたところで、鍬に胸を突かれた。

よろめき、道の端から落ちた。斜面を転がる。泥が口に入る。

そこで意識が消滅した。

8

仁風は目を開いた。

薄暗い部屋で布団に包まっている。

自分の肉体をゆっくり確認した。あちこちに鈍い痛みを感じるが、気にするほどではない。

記憶は断片的にある。鍬で突かれ、道の脇の斜面を転がり落ち、その後、引き揚げられ、荷台に乗せられて運ばれた。その先はわからない。

——ここはどこだ。

ぱちぱちと小枝が爆《は》ぜる音がする。

顔を向けると、隣の間の囲炉裏に火が入っている。真っ赤な炭が見える。囲炉裏を囲むようにして、鈴華と隊の男たちが座っていた。

仁風は立ちあがった。

みしり、と床が鳴る。

男たちは無気力な目で、ちらりと仁風を見ると、また火に目を戻した。誰も何も喋らなかった。喋る必要がないようだった。

仁風は数えた。鈴華と自分をいれて十人。また一人減ったようだ。

鈴華は仁風に顔を向ける。

「目覚ましたか。芋があったので、煮ている。食べたらどう？」

仁風は黙って鈴華の隣に座った。炎と熱が心地よい。男たちの一人が、どろりとした芋の入った皿を無言で渡す。ひどく腹が減っていた。仁風は匙《さじ》を使って黙々と口に運んだ。

「体は」

「たいしたことはない。いや、それより訊《き》きたい。あなたは、何か呪術のようなもので、皆を操っているのか」

「ご明察」鈴華は悪びれることなくいった。

「窮奇の力。そうなるのよ。自然に。普通の指導者のしていることが、もっと直接できるだけ」

鈴華は傍らにいた蒙古《もうこ》人の若者をぽんぽんと叩《たた》いた。男の目には生気がなくじっとしている。改めて見ると全員が返り血で汚れている。

「あの日本人達との戦闘はどう決着した？」

「全員殺しました。もっとも、こちらも一人死んだけど」

仁風は俯《うつむ》き、呟《つぶや》いた。

「何てことを」

「何が？」鈴華は眉根《まゆね》に皺《しわ》を寄せた。「貴方《あなた》が本当に大蒙古に忠誠を誓っているのなら、奴ら倭人《わじん》は敵でしょう？　そもそも奴らから首をつっこんできたのよ。生かして帰せばこちらの身も危ない。仲間と自分のために、倭人を何人殺そうが誉められこそすれ、糾弾されるいわれはないんじゃなくて」

男たちは、鈴華と仁風の会話には全く反応せず、人形のように黙っている。

「気にしないでいいよ。もう従順だから」

仁風はごくりと唾《つば》を呑《の》んだ。

「実はこれ、誰にもいわなかったことだけどね。あの安平隊長は、私の村を滅ぼした兵の一人。蒙古が引き揚げた朝に自殺した二人もそう。安平はね、私にいっていた。〈おまえに殺されるなら本望だ〉って。〈俺は、いつか自分が侵略した民に殺されることは承知の上で戦っている。偉大なる大元に、身命を捧《ささ》げたのだ〉って。くだらねえ。自分に酔っちゃって、だから、私ずっと思っていたの。だったらその大好きなお国に裏切られて死ぬのが貴方の最高の死に様じゃないのって」

揺れる囲炉裏の炎が鈴華の顔を照らしている。

「私、高麗にいる高官から、旅楽隊で、怪しい人、怠慢だった人には、密書に記《しる》しをつけて送るよういわれていたの。〈おまじない〉の文句をつけたでしょう。あの文句は暗号で、しっかり、安平に危険人物の記をつけておいたわ」

さあ一緒に笑いましょうよ、とでもいうような視線を向けてくる。仁風は微動だにできなかった。鈴華は炎に目を戻す。

「仁風先生が博多に情報流したおかげもあって、全て思惑通りになったわ。私もう、笑って、笑って。後の二人は縋《すが》ってきたけど、虫が良すぎるでしょう？　だから自殺してもらったのよ」

他の人間にはやはり意思が感じられない。意思があるのは鈴華一人だ。

「ここは……この家はどうした」

「途中で会った親切な樵《きこり》に、蒙古に家を焼かれて行く場所を失って困っていると話したら、同情してくれて、家を貸してもらったの。もちろん交換に、荷台から米一俵と、鉈《なた》二本で話がついたわ。そのぐらいの言葉ならもう話せるし」

「俺をどうするつもりだ」

鈴華の瞳孔《どうこう》は大きくなり、肌からは暗い気配が滲《にじ》みでている。

「どうするって？　置いていけばよかったのかな？　でも、そうしたら死んじゃうし。そこでひとまず崖《がけ》から落ちた貴方を拾いあげた。いくらかの手当てをして、この家に来て、火鉢のある部屋に寝かせた。食べ物も与えた。だが貴方の心は難しい。全く開かれない。さすが倭人だけあって、倭国《わこく》に取り残されることになっても、絶望どころか、喜んでいるのですものね。しかし、こういう状況になると、もう案内人も、いらなくなってきたかな」

日本人であることを今更否定しても仕方なかった。仁風はいった。

「では去っていいか？」

「いいよ。さよなら」

仁風は黙って立ちあがると、蓑《みの》を羽織り、何もいわずに家をでた。戸をそっと引くと、冷たく湿った外気が頬を撫《な》でた。雪が降っていた。あたり一面雪景色だ。

雪の中にぽつぽつと家が立っている。どうも山中の集落らしい。

少し考えて家の裏手にまわった。薪が積まれ、その脇に手斧《ちょうな》があった。仁風は手斧をとると、そっと蓑の内側に忍ばせた。

改めてあたりを見回すが、自分が何処にいるのかやはりわからなかった。

吐く息が白い。

とりあえず小便をする。溶ける雪を眺める。

家を貸してくれた樵とやらが今どこにいるのか訊いておくべきだろうか。帰るにしても、道もわからない。どうしたらもとの道に出られるか鈴華に訊くべきだろうか？

いいや、と仁風は思った。本来なら雪が止むまで家にいたいが、あの化け物と二人だと操られかねない。早く逃げろと本能が告げていた。

仁風は歩き始めた。

他の家を外から覗《のぞ》くが、気配がない。

ふと集落の入り口付近に、雪がこんもりと塔のようになっているところがあった。

なんだろうと、何気なく雪を落した。

人間の顔がでてきた。

灰色の男の顔だ。もつれあった黒い髪の毛。死んでいる。

死体が立ったまま、まるごと雪中に埋めこめられているのだと思った。

だがそうではなかった。

仁風がなおも雪を掘ると、どさりと頭は落ちた。切断された頭だけが埋まっていたらしい。

すぐ下に別の髪の毛が見える。

仁風は一歩下がると、雪の塔を蹴《け》った。

塔から雪の覆いがはがれ、崩れる。

無数の首が雪の上に曝《さら》け出された。

男、女、若者、老人、子供。男、男、女、子供、子供、子供、女、女、老人、老人、男、男、子供。

「まさか」

低く呻《うめ》き、吐いた。

転がった首。幼い顔がこちらを向いている。物言いたげな目。

時が止ったように感じる。

仁風は名も知らぬ女の子の首を凝視する。五歳か、六歳か。

何が起こったのか、はっきりとわかった。

倭人の集団を殲滅《せんめつ》した後、鈴華——窮奇は、山道に入り、小さな集落に達した。

どこかで冬を越さなくてはならない。だが、蒙古の襲来で、人々の警戒は強まっている。

樵と交渉した話など嘘なのだ。身元不明の集団が冬を越せる場所などない。

最初から計画していたのだろう。日本刀を集めさせたのも、これを見越してのことだったのにちがいない。

彼らは、分散して、それぞれの家の前に立つと、一斉に踏みこみ、殺戮《さつりく》を開始したのだ。終われば次の家へ、また次の家へ、と集落の全員を虐殺したのだ。

昆虫のように無感情に、何の躊躇《ちゅうちょ》もなく、恐れも、畏《おそ》れも露ともしらず。

そして首を積んで、雪で固めた。

同じような雪の塔がいくつもある。

仁風はそちらも蹴り倒した。

凍りついた無数の手足が、転がりでてくる。男の手、女の手。太い足、細い足。小さな足。

正気の沙汰《さた》ではなかった。

仁風は眩暈《めまい》をおぼえ、荒い息をつき、よろめいた。

「残念ね。見なければよかったのに」

背後で声がした。振り返ると鈴華が憐《あわ》れむような目で立っていた。鈴華の周囲には、虚ろな目をした彼女の兵が並んでいる。

もはや、日本も蒙古も高麗もなかった。人か、そうでないか。

仁風は叫んだ。

「この化け物！」

「化け物だからできたと？　違う。蒙古の兵は、私の村をもっと酷くやった。この島の民だって、立派な兵を持っているのだから、政権が変わるたびにお互いに殺しあってきたはずだ」

涙が滲んだ。

仁風は己の身が溶けていくような虚脱に抗《あらが》いながら立った。

「友人だと思っていたんだぞ。俺は、貴方《あなた》とうどんを食べたときから、心の底では貴方を、憎からぬ味方だと」

鈴華は首を横に振った。

「私だって同じ志の友と思っていた。だから貴方を生かしていたのだ。貴方と違い、私は蒙古《もうこ》を敵としても、倭国を味方と思っているわけではない。それだけだ。貴方がさきほど食べた芋汁は、この村人を殲滅しなければ手に入らなかったものだ。あなたが身を休めていた寝床もそうだ。貴方が気を失っている間に、我々がやらねば、貴方は死んでいた。貴方は自分の命が何で成り立っているのかを誤魔化そうというのか？」

紀千は、弓に矢をつがえて鈴華の横に侍《はべ》っている。

「この先、どうするつもりだ」

仁風は慄《おのの》きながらきいた。

それの声音が太くなる。

「話さなかったか？」

生き残り、日々に平穏を求める。

胴体から切り離した村人の手足は、冬の間の保存食だ。

我らは体力をたくわえ、眠る。

冬が終われば、我らはここを旅立つ。腹が減れば人を襲うかもしれないが、魚が獲《と》れるのなら、それでもよい。深山《みやま》をさすらい、時には絶望したものを己の手足にし、この国の社会の外側に立ち、生き残り続ける。

名誉はいらぬ。富も求めぬ。代わりに何にも属さぬ。

我らは山河をさすらい、密《ひそ》やかな隠棲《いんせい》を求める。


それは居丈高にいった。

「最後にもう一度だけ選ばせてやろう。貴方はもう絶望している。他の兵と同じく心を捨て、私の一部になれ。上手《うま》く用いてやる。火にあたり、肉を喰《く》い、寝床で眠れ。何も考えなくてよい静かな暮らしだ。何も悩まなくてよい仙界の暮らしだ。平穏を手に入れろ」

仁風は目を見開いた。まるで鈴華が、幼少の頃の母の記憶のような、温かな存在に見え始める。絶対的不自由と生命の委託。なんとも心地よい――。

だが仁風は誘惑を振り切った。地面に転がった首が、みな己を見ているように感じた。

「できぬな。里に下りる」

「何も見ずに黙って去れば見逃そうと思ったが、見てしまった以上、貴方は、今後、私を危機にさらす可能性がある」

紀千が、弦を引く。

鈴華は少し寂しそうな目をしていった。

「さようなら、日本の商人よ」

仁風はさっとかがみこむと、首を拾い、鈴華に向かって投げた。ほぼ同時に紀千は矢を放った。

矢は、仁風の耳の脇を掠《かす》め、背後の木に刺さった。鈴華は首を片手で受けると放り捨てた。

細い道に飛び込み、走る。

走って逃げるより他はなかった。

矢が二回、自分を追い越していった。

雪が重い。

なかなか思うように進まない。

振り返ると紀千が追いかけてくる。弓矢は邪魔になるとみて捨てたようだ。

村の入り口で、〈鹿川村〉と書かれた立て札が目に入る。

吹雪の中、仁風は背後に感じる。

白く、大きく、角を生やし、無数の手足を持ち、全身に風を纏《まと》い、たくさんの目を持った、海の向こうからきた妖怪変化《ようかいへんげ》。

先回りしていたのだろう。隊の男が日本刀を構えて立っていた。

操り人形の男は機械的に刀を振ったが、その動きは鈍かった。寒いなかずっと立っていたからか、あるいは鈴華の目がそこになかったからか。

仁風は男の一撃をかいくぐり、腹巻に隠していた手斧《ちょうな》を取り出すと、男の首めがけて全力で振った。

鮮血が雪を染める。

坂道に橇《そり》が置かれている。冬の間、道が雪に埋もれるので、山を下りるときに村人が使用するものにちがいなかった。

無我夢中で飛び乗ると、雪を蹴った。橇は滑りだし、視界は雪片で一杯になった。

9

男はひとまず話し終えている。

既に日は暮れ、草庵《そうあん》の囲炉裏には火が入っている。

外は漆黒で、細い雨が降り続いている。

遼慶は長い溜息《ためいき》をついた。

蒙古襲来――文永の役のときに遼慶は京都にいた。蒙古との戦いの話はあちこちで噂になっていた。そして七年後には弘安《こうあん》の役。もうだいぶ前のことだが、今でも二つの戦は人々の話題になる。

だが、このような話は聞いたこともなかった。男がとんでもないほら吹きだという可能性はあるが、話の最中の悲痛な顔は、演技にはみえなかった。

「それで、助かったのですか？　あなたは。彼らには捕まらず――」

「はい。なんとか逃げおおせました」男はいった。「私はひとまず必死の思いで雪の中を博多まで戻り、謝国明の館の門を叩《たた》きました。もう頼れる場所はそこしかなかったのです。孫娘は、私を受け入れてくれました。そして、おかしな話と思われるかもしれませんが、私は一切を忘れたのです」

「忘れた……」

数日間、謝国明の館で、眠り続けました。

私の心は、傷つき、とても臆病《おくびょう》になってしまっていました。

鈴華、あるいは窮奇という化け物のことをほんの少し考えるだけで、悪寒が走り、恐れから意識を逸《そ》らしてしまうようになりました。

真っ暗な霧を纏い、生首の山の上に立つ、角を生やした無数の目と手足のある巨大な邪神の姿が、脳裡《のうり》によぎり、叫びだしたいほどの、猛烈な恐怖を喚起するのです。町はいつまでも蒙古の話でもちきりでした。でも、蒙古についての話をどこかで人が話しているのを聞くだけで私は苦痛をおぼえました。

人づてに聞きましたが、対馬《つしま》の私の家族は、結局対馬に残ったとのことで、兄一人と、親戚《しんせき》数名をのぞいて全滅していました。

謝国明の孫娘は、私に部屋を与え、そっとしておいてくれました。やはり、とても聡《そう》明《めい》でまた優しい方でした。彼女は漠然と私のことを察していたのでしょう。寛大にも全てはもう終わったこととして、情報を持っていた私が、果たして何者であったのかを追及することはありませんでした。

謝国明の館に居候して一ヵ月もしたころです。庭を箒《ほうき》で掃いていますと、客としてやってきた町人たちが、鹿川村の村人が皆殺しにされたという噂をしておりました。私はすぐに意識を逸らし、その場を離れました。

鹿川村のことを誰かに話すことはできません。蒙古の間諜《かんちょう》部隊が山に逃げ込んでやったのだと話せば、何故知っているのかと問われ、結局は最初から全てを話さなければならなくなります。そうすれば私も蒙古の仲間と見なされ責められる――実際に間諜の部隊にいたのですから、何をいってもいい逃れだとされるでしょう――御家人たちに拷問されたり、首を刎《は》ねられたりするのです。

過去を人に知られたならば、己の命を失うという恐ろしさ、もう関わりたくはないという臆病さから、私は本当にそれらをなかったものとして忘却したのです。

私は復興していく博多と共に、心の平安を少しずつ少しずつ取り戻していきました。

ある日、鎌倉に向かう宋《そう》人に通訳として従い、仕事を終えた後、忌まわしい記憶のある博多に戻るのが億劫《おっくう》になり、そのまま鎌倉に移り住むことにしました。

その後も、鎌倉で小さな田畑を耕しながら、ときにはお屋敷で宋の言葉を、寺社の方や御家人たちに教えたり、鎌倉に招かれた宋人の通訳をしたりして、口を糊《のり》していました。

七年後には弘安の役がありましたが、もうその頃には鎌倉にいたので、ただほんの束《つか》の間〈ここならまだ安全だ。博多を離れていてよかった〉と思っただけでした。

そして弘安の役よりさらに八年が過ぎました。

ある日、富士山でも見物しようと旅に出たのです。甲斐《かい》に入り、石和《いさわ》の宿にて、ふと旅人たちが奇怪な話をしているのを耳にしました。

石和からさほど遠くない、甲斐国の峡谷にある小さな集落の住人が、一晩のうちに消えてしまったという話でした。山の神の怒りに触れるようなことをしたのではないか、と。

最初、私はすぐには思い出しませんでした。何か厭《いや》な感じをおぼえもしましたが――

それほどに深く全てを忘れていたのです。

夕暮れでした。旅籠《はたご》の窓から、黒々とした山脈を眺めて、酒を一杯呑《の》みました。

その宿には、五歳ほどの娘さんがいました。

宿を営む夫婦は、娘を溺愛《できあい》しているようで、きゃあきゃあと無邪気に遊んでいる声が、衝立《ついたて》の向こうから漏れ聞こえていました。不意に母親の恐ろしげな声がしました。おそらくはその娘を脅かそうとしたのでしょう。

――ほおら。モッコがくるようっ！

モッコとは無論、蒙古《もうこ》のことでしょう。二度の蒙古襲来は、遠く離れたこの地でも、繰り返し話題にされ、知らぬ者のいない事件となっていたのですから。

その言葉は何かの呪文のようでした。

十五年前、雪原に転がった鹿川村の少女の生首が、唐突に脳裡《のうり》に甦《よみがえ》りました。

全身から汗が流れました。時が止ったように思いました。

忌まわしき記憶は、雪崩のように甦っていきました。

10

翌日、宿の女将《おかみ》さんからその消えた集落の場所を聞きだすことができました。

そして私は旅程を変更し、装備を整え、そこへ足を向けたのです。

私は弓矢を背負って、熊笹に覆われた山道を歩きました。

あれから十五年です。窮奇の巫女《みこ》に率いられた集団が、ここまで来ていてもなんら不思議はありません。甲斐国は、黒馬の産地ですが、もとは渡来系の国司が治めていたところでしょう。何かそのあたりに、考えがあってやってきたのかもしれないし、ここを通過して、陸奥《みちのく》——蝦夷《えぞ》地へと向かっているのかもしれない。あるいは京や、鎌倉という人の多い——つまり奴らにとって獲物の多い場所の周縁を、周回しているのかもしれません。

もちろん村人が消えたのは、全く別の理由なのかもしれません。そうだとしても、私は確かめずにはいられなかったのです。

辿《たど》り着いた集落は薄暗いところでした。あっという間に緑に呑まれて消えてしまいそうでした。あちこちに血の痕《あと》を見つけました。

私は何か手掛かりがないかと、目に付いた山道をさらに奥へと進んでいきました。

道はさらに山脈の奥深くへと続いているようでした。きっと進んでいけば山越えができるのでしょう。

地盤が粘土のようになっているところに、無数の足跡が残っていました。もちろん、村人のものかもしれません。

一本の大きな杉の木が立っていました。そしてその裏には泉が湧いていました。

山を旅する者なら、ほぼ確実にここで休息をとるにちがいありません。

私はその木に立て札をつけました。

立て札に漢語で書きました。

『翌年の初夏、この木の下に博多の仁風がくる。窮奇の巫女、鈴華。生きているなら、決着をつけたし』

日取りもこちらで書きこみました。


それが去年のことになります。

石和の旅籠の幼い女の子。あの子だって、奴らがこのあたりの山に潜んでいるなら、何かの折に殺されるかもしれない。奴らはヤマタノオロチと同じようなもの――退治しなければならない存在なのです。そして、それは事情を知っている私の役目ではないでしょうか。一回そう思うと、私があの雪の日、生き残ったのは、彼らと戦うためではないか、とすら思えてきます。

無辜《むこ》の人々が死に続け、その殺人者の名前を密《ひそ》かに知っている――。名前だけでなく、声も、肌も、知っている。それがどんな気分か、なかなか他人に説明しても伝わりますまい。忘れていれば眠れもしますが、思い出した以上は二択を迫られるのです。

知らぬと一生目を瞑《つぶ》り続けるのか、まだ己に体力のあるうちに、勇断して、残りの人生の真の平穏を手に入れんとするか。

私は彼女を殺すつもりでした。

彼女さえ死ねば、後はただの人形です。

一年間、みっちりと体を鍛え、約束の日に廃村の杉の大樹の下に向かいました。

もちろんこちらの一方的な申し出です。いや、相手は立て札を見てすらいないかもしれない。くるとこないでは、こないが遥《はる》かに分があります。

杉の木の下には案の定誰もいませんでした。もしかしたらと警戒して、周囲も調べてみたのですが、やはり人の気配はありません。

なんだかほっとしました。胸の奥では、これは私が自分自身を尊ぶ心を回復するための儀式のようなもので、本当に窮奇の巫女が現れるはずはない、と思ってもいました。

杉の木の下で、しばらくぼんやりと立っていると、鋭い鳴き声に呼ばれました。

首を巡らすと、鈴華が飼っていた不思議な鼬《いたち》、リリウが道の先で私を見ていました。

金色の毛に、白く輝く筋が入っていて。

ええ。日本ではあんな鼬は見たことがない。

リリウは、いつぞやのように、私を導きはじめました。

私は混乱していて、もう無我夢中にリリウの後を追うことしかできませんでした。

導かれるままに、高台にでました。

行きどまりでした。そこでリリウは草の茂みに飛び込み消えました。

下を見ると——崖《がけ》のすぐ下の開けたところに、女が立っていました。

たった一人でした。

切り株の椅子に熊の毛皮が敷かれていました。その前には焚火《たきび》の炎がありました。女は華美な着物を纏《まと》っていました。京あたりでしか手に入らないような、紅《あか》い艶《つや》やかな着物です。

私は呆然《ぼうぜん》としました。

十六年を経て、印象は若干変わっていましたが、美しい顔立ちに変わりはありません。鈴華でした。

鈴華はすぐに私に気が付き、崖の下から私を見上げました。

動悸《どうき》は激しくなり、苦しいほどでした。慌てて弓を取り出し、矢を番《つが》えます。

なぜ？

なぜ一人でいる？　これは千載一遇の好機か？　それとも罠《わな》か？　考えている暇はありません。

鈴華はにっこりと笑うと、両手を広げました。

その余裕と身ぶりは、何か妖術《ようじゅつ》の合図のように思えました。

私は本当に無我夢中だったのです。会話などする余裕はありませんでした。

矢は弓を離れました。

私の放った矢は、彼女の胸を貫きました。

私は崖を下りました。

鈴華は笑みを浮かべたまま、穏やかな顔で死んでいました。こうなってしまうと、もう彼女はただの女でした。私はしばらくそこにいて、彼女から体温が消えるまで抱きしめていました。日が暮れる頃、彼女に落ち葉をかけ、その姿を隠しました。私は彼女のそばで、一晩焚火をして過ごしました。

そして、翌朝、小道を進みました。

山を二つ越え、半ば迷ったような感じで、水もなくなり――これは困ったというところで、ようやく美しい泉にでたのです。


「そこに私がいたと」

遼慶はいった。

「そうです」男は頷《うなず》いた。「天の助けと思いました」

「あなたは、最初に私にききました。最近、何か怪しいことはなかったか、と。でも、総大将である妖怪変化《ようかいへんげ》の女性は、ついにあなたが退治したのですね」

「退治」男は呟《つぶや》いた。「果たして、そうでしょうか。おかしな話ではないですか？」

「と、いいますと。一人だった点が？」

男は、ええそうです、といった。

「腑《ふ》に落《お》ちない。まったくもって、腑に落ちないのです。落ちついてくると、無数の疑問が浮かびました。なぜリリウは私を案内したのか。狙いやすいような高台に。なぜ彼女は一人でそこにいたのか。なぜ彼女は弓をひいた私を見ても、逃げようとしなかったのか」

私は、彼女は自死をしたのだという結論に達しました。

彼女は立て札を読み、そして、期日に弓矢を持って山道をやってくる私を待った。美しい着物は、己の最期を着飾って迎えたいという女心でしょう。両手を開いたのは、何も持たずに、命を投げ出すという意思表示と、心臓を狙いやすくしたのです。妖術の合図などではなかったのです。

私の知る十六年前の鈴華はそんな女ではありませんでした。己の生のためには、何人でも殺す。女も、子供も、老人も。そういう女でした。そんな女が、華やかな着物を纏って山中で死にたいなどと思うかどうか。

無論、歳月は人を変えますが、私はそこで、かつて彼女が語っていたことを思いだすのです。心に棲《す》む窮奇という異神のことです。

彼女の生存に対する並々ならぬ執着や、無慈悲さ、心を支配し人を統率する力その他は、全て窮奇に由来するものでしょう。

おそらく私が弓で射たとき、彼女から窮奇は離れていたのではなかったのか。

「とりまきの集団がいなかったのも、彼女がもはや窮奇の化身ではなくなっていたから、ただの女に戻っていたからでは、と思うのです。だとすれば窮奇は何処にいったのか。

私が最初に、怪しいことはなかったかときいたのはそのことです」

「つまり、それは」

男は泣きそうな顔で、遼慶を見た。


あの邪悪なものは、別の誰かに宿り、今も山中を移動しているのではないか？

私が殺した鈴華は、ただ集団から切り離された孤独な女にすぎず、それを殺したからといって、新しい犠牲者がでるのを止める助けにはならなかったのではないか？

「もしかしたらの話をいいはじめたら切りがないではありませんか」遼慶は男の肩をさすった。「貴方《あなた》はやり遂げたのです。全て終わったのです。私はね、こう考えます」

彼女たちは山中を移動し、盗賊として十六年間、罪を犯し続け生きた。しかし繁栄は叶《かな》わず、仲間も一人ずつ死んでいった。そして、最後に一人残り、漠然と死を考えていたところで、あなたの伝言を目にした。彼女はこれを導きと思い、場合によっては救いとすら感じ、自分がそこで死ぬことを決めた。

「とても哀しい話です。しかし、それで終わりでいいじゃありませんか。そもそも、その化け物は大陸の特別な巫術師の心に棲まうものでしょう？　さすれば、後継者がいないのではありませんか？　ええ、無論、ここらでは何も怪しいことなど、起こっておりません。平穏そのものです」

男はふいに気の抜けた声で「本当にありがとうございます。色々話せて、ほっとしました」といった。

やがて二人は床についた。

草庵《そうあん》は虫の音に包まれる。

遼慶は暗い天井を眺めた。

娘。

ふと思う。

そう、娘だった。

去年の今頃、愛らしい十四、五歳の娘が草庵に現れたのだ。山歩きには不似合いな、明るい色の着物をきていた。なぜこんな山中に、と思いながら声をかけると、微笑みながらこういった。

――お爺《じい》さん、訝《いぶか》しく思っていることでしょう。私は木地師の娘なのです。

なんとも物怖《ものお》じしない不思議な娘だと思いながらお茶を御馳走《ごちそう》した。少女は里に下りる道や、近辺の水場についていろいろと訊《き》いてきたので、知る限りのことを教えてあげた。泊まる場所はあるのかときくと、お構いなく、という。

――こう見えても、山は慣れていますのよ。

彼女が去っていくとき、向かう先の木立の中に、数人の大人が立っているのが見えた。

彼女が属している集団だ。

今にして思えば、あのとき、森の中に立っていた男たちはどこかみな無表情だった。娘をもてなした遼慶に挨拶《あいさつ》するでもなく、娘に何をと警戒するでもなく。果たして彼らが木地師であると証明できるものが、娘の言葉以外にただの一つでもあっただろうか？

何もなかった。

遼慶は男が持ってきた鈴華の持ち物だという毛皮に視線をやる。毛皮は、灯《あか》りの消えた部屋の壁にかけてあり、闇の中の錯覚であろうが、異形の怪物が貼りついているように見える。

遼慶は壁から目を逸《そ》らした。再び考える。

あの娘。

たとえば仁風と鈴華が十六年前に交わり、娘ができたとしたら、ちょうどあの娘ぐらいの年頃ではなかろうか。話からすれば二人は交わっている。そして窮奇というのは、男の話を聞く限り、その一族の女たちが信仰し、継承していく類のものではなかったか。

遼慶は寝息を立てている男の背中を見つめた。

何もいうまい。何も知らぬし、誰にも会っていない。

ガタガタと風で戸板が鳴る。

草木の揺れる音に、足音が交ざっていやしないか？

遠くに一人、いや二人、三人、四人、五人……十五人、十六人……もっと、もっと。

足音は大きくなり、小さくなり、波のように押し引きする。

狼のように獰猛《どうもう》で、積乱雲のように大きく、無慈悲な異神が、つむじ風と共に、遠い森を抜けていく。

遼慶は目を瞑《つぶ》り、息を殺す。自分が果てしなく無力だということを思い出しながら、ただ身を縮める。

風天孔参り

1

ススキ野原が輝く初秋の午後、彼らは私の店にやってきた。

私はちょうど皿を拭《ふ》いているところだった。

彼らは男女六人ほどの団体客で、カレーライスや、ラーメンや、きつねうどんなどを注文した。

みなザックを持っていた。静かで、どことなく暗い雰囲気があった。

私は厨房《ちゅうぼう》で料理を作り、運び終わると外に出てみた。

駐車場には、私のハイエース以外、何も止まっていない。アスファルトの二車線道路は静まり返っている。見上げると〈レストラン&宿・フォレストパーク〉の白い看板はぼろぼろに錆《さ》びていて、文字の部分は禿《は》げてきている。いつかは塗りかえようと、見上げるたびに思う。

道路の向こう側は樹海だ。紅葉にはまだ早いが、九月の風には冷気が混じっている。

彼らはどこから来たのだろう？

一番近い集落は四キロ先で、ほとんど限界集落に近い。樹海の中の道は、三日山《みっかやま》や、稲光山《いなびかりやま》の登山道にも繋《つな》がっているから、そちらから山越えしてきた客かもしれない。

食事が終わると彼らはお金を払い、出ていった。

客とは現れては去っていくもので、特に何も気にしなかった。


その日の夕方だった。

十五歳の老犬ドン黒に餌をやり、テーブルを拭いていると、カラン、と扉が開き、若い女が顔をだした。

昼間のグループの中にいた女だということはすぐわかった。何か忘れ物をしたので戻ってきたのか、あるいは、あのグループは夕食もここでとるのか。

「いらっしゃいませ」

「あ、かわいい。犬いるんですね」

「ええ、ドン黒」

客がたくさんいるときはドン黒には裏に行ってもらう。不衛生だと嫌がる客もいるからだ。客が少ないときドン黒は、店内の奥にあるソファに座ったり、客の足の臭いをかぎにいったりしている。

「あの」女はなぜか申し訳なさそうな口調でいった。「すみませんが、ここ、宿泊はできますか？」

実のところ滅多に泊まる客はいないのだが、看板には〈宿〉の文字がある。泊まりたいという客には、二階にある六畳の座敷と布団を貸しだしていた。

「はい。できますよ。一泊二千円で。食事はこのレストランでの食事になりますが、いいですか？」

本当は三千円だったが、確実に三千円以下の価値の部屋だと思っていた。古畳で、テレビも何もない。

「昼間いらっしゃったお客さんですよね。お連れさんたちも？」

だとすればもう一部屋は準備せねばなるまい。

「いえ、私一人です」

「わかりました」

少しがっかりした。団体で泊まってくれれば、いい収入になったからだ。でもそれを顔には出さなかった。

宿帳に彼女は、月野《つきの》優《ゆう》、東京都、と記入した。女。一名。二十二歳。職業欄は空白。月野優は、顔立ちの整った都会風の若い女だった。無論、顔立ちの整った若い女など世の中には腐るほどいる。客商売でいちいちそんなものに気を留めない。

布団と電気ストーブを用意すると、二階に案内した。二階奥にある書庫にも案内した。別に蔵書と呼べるほどのものがあるわけでもないのだが、昔、古本関係の仕事をしていたこともあり、二千冊ほどあった。

「暇だったら好きな本を持っていって部屋で読んでください」

夕食はレストランで食べてもらった。彼女はカレーライスを注文した。

皿を下げるときに、昼間のグループについて質問すると、山野を愛好する東京のサークルという答えが返ってきた。

「車がなかったからね。やっぱり樹海を抜けてきたんだ」

「そうです、三日山のほうから。森の中をどんどん歩いて。私は足をくじいちゃったんで、ここで離脱です」

「へえ、たいしたもんだ。で、他のメンバーはどこに」

「また森の中に」

「最終目的地はどこなの？」

「ちょっとわかりません」

足をくじいているようには見えなかった。彼女は普通に歩いていた。そして、最終目的地がどこかわからないグループと一緒に歩くというのも奇妙だった。だが、私はそれ以上突っ込んだことをきかなかった。

翌朝になって、私は彼女に朝食をサービスした。コーヒーに、ピザトースト。

彼女は朝食を食べ終わると、大きな目で私をじっと見つめながらいった。

「あの、延泊してもいいですか？　とりあえず一週間」

わけがわからない、と私は思った。そんな客は初めてだった。一週間ここに泊まって何をするのだ？

彼女は前金で一週間分の宿泊料を払った。

最初の週、月野優はほとんど外に出ずに、書庫の本を読んでのんびりと過ごしていた。部屋にドン黒をいれて撫《な》でまわしながら、紅茶を片手に古本を読みふけっていた。夕食はレストランで注文し、朝食と昼食は料金外でサービスした。

「このあたりは何か面白いものがありますか」と彼女がきいてきた。

「そうだねえ、滝と、温泉と、山登りと、鍾乳洞《しょうにゅうどう》。えっと少し先にある湖かな。夏に花火大会があるよ」と答える。「でも、全部車がいる。歩いて行ける範囲は、お客さんが歩いてきた樹海トレイルぐらいしかないよ。行きたいところがあったら、車で送ってあげるよ」

彼女のリクエストで、車で二十キロ離れたショッピングモールにいった。彼女はそこで化粧品やら下着やらパジャマやらを買った。帰りの車中で助手席の彼女にきいた。

「もしかして、失恋とかしたの？」

「え？　なんでですか。なんですか、その発想」彼女は笑った。「一人だから？」

「変わりものだな、と思ってね。一週間もいるお客さんあまりいないから」

「超変わりものですよ、私。みんないいますもん」

詮索《せんさく》好きと思われない程度に（思われたかもしれないが）いろいろ質問したが、やはり彼女の答えはどこかしら信憑性《しんぴょうせい》に欠けた。

恥ずかしい話だが、私は彼女を抱きたかった。私は五十代で十分に性欲があったし、彼女は二十代で美しく潑剌《はつらつ》としていた。最初はどうということもなかったが、一つ屋根の下で一週間もいると、邪念の対象ともなる。だが、私は店主で彼女は客だし、三十歳近く離れている。そうした感情が極力伝わらないようにしていたつもりだった。

だが隠していても、見透かされていたのかもしれない。

一週間経つと、再びもう一週間彼女は延泊した。

彼女がやってきて九日目のことだ。

風呂《ふろ》に入った後、部屋でぼんやりと本を読んでいると、町で買ったばかりのパジャマを着た彼女が入ってきた。

「ねえ、なんだか夜が静かすぎて、眠れないんですけど、あの、もしもご迷惑でなければ、ここでもう少しお話ししてもいいですか」

そこから三時間ほどの詳細をロマンスたっぷりに書くことも、官能小説風に書くこともできるのだが、やめておこう。

その晩私は彼女を抱いた。

なぜ彼女とそんなことになったのか、彼女側の心理は私にはわからなかった。まさか自分に恋をしたとも思えず、ただ、この娘は男と寝るのが好きで、誰でもよいのだろう。

とぼんやり思った。

　久しぶりの行為が終わった後、寝床で彼女の髪を撫でながら私はいった。

「君は何なんだ」

「いなくなって欲しい？」

「いいや。だが、とても不思議なんだよ」

　月野優はふふっと笑った。

「君が一緒にいた集団は、東京のなんだっけ、森林愛好サークルだっけ？」

　しかし月野優は、それは嘘なのだ、といった。

「本当をいうとね、あいつらは、妖怪《ようかい》」

「君も妖怪？」

「たぶん、そうね。人間に化けているの」

　部屋は暗く、外では雨が降ってきたのか、木々が濡《ぬ》れる音が聞こえ始めた。

「岩《いわ》さん〈風天孔参り〉って知ってます？」

「いいや」

　ふうてんこうまいり？　聞いたこともなかった。

「あの人たちはそれなんです。安藤《あんどう》さんという人が主催していて、彼の案内で、このあたりの山を巡っているの。山小屋とか、民家とか、行者堂みたいなところを巡りながら」

「えっと、何か宗教みたいなもの？」

「たぶんそんな感じ。私は登山客だったんだけど、それに途中で交ざってしまって」

彼女はぽつぽつと話した。それはなんだか幻のような奇妙な話だった。

月野優は、三日山で迷っていた。

辿《たど》り着くべき分岐路がでてこないのだ。立て札の類もない。午後三時を過ぎていた。見晴らしのよい丘陵で焦りながらも一息ついていると、その集団が通りかかった。

集団は六名いた。集団も月野優が足を休めている場所で休憩した。

白い帽子を被った老婦人が話しかけてきた。

「まあ、お一人で登山？　でも今から下山するのかしら」

「そうなんですが、実は迷って」

下山路について質問すると、だいぶ前に分岐を過ぎており、今からその下山路に向けて歩くと、途中で日が暮れることがわかった。

「夜は真っ暗になるから歩けないよ。足元も見えないくらい」

集団の一人が同情気味にいった。

「おばさんたちは、今日はどちらまで」

「下山するわよ。私たちはね、この先から下の森に抜けていく道を使うの」

それは月野優の知らないもう一つの下山ルートのようだった。

「ついていっていいですか」

月野優がきくと、老婦人はリーダーらしき男に声をかけた。「安藤さん、この子迷っちゃったみたいよ。下山したいそうだから、一緒にいいわよね」

「ああ、いいですよ」と安藤さんと呼ばれた、リーダーらしき中年の男はいった。ビジネスラックスにワイシャツの、山では少し珍しい恰好《かっこう》の男だったが、使い古したバックパックに、足元は登山靴だった。集団はみな杖《つえ》を持っていたが、安藤さんの持つ杖には、鼬《いたち》や竜などの凝った装飾が彫られていた。その杖はなんだか魔法使いの杖のように見えた。

「ただ、今日中に下の集落まで出るは出るけど、国道に出るのは明日《あした》の朝になるよ」

月野優は頷《うなず》いた。


彼らの後についてしばらく歩くと、もうどこかも知らぬ森の中にいた。

安藤さんと、老婦人以下の面子《めんつ》は、全身迷彩服の若い男と、年齢不詳の女、黒ぶち眼鏡の男だった。家族には見えなかったし、お互いに仲が良いようにも見えなかった。

六人はあまり喋《しゃべ》らなかった。もしかしたら自分がいるせいかもしれないと月野優は思った。

「こちらは何の集まりなんですか」ときくと、老婦人は声を潜めて「自殺志望者の集まりよ」と答えた。

「三日山から稲光山へと歩くとね、風の集まる場所がでてくるの」

「風が集まる?」

「で、昔からそこは、風天孔と呼ばれていて、雷獣の棲《す》みかとされているの」

「よしなよ、馬場《ばば》さん。なんでもかんでも教えることじゃねえ」黒ぶち眼鏡の男が口を挟んだ。

「別にそんなのいいわよ。調べればわかることだし。彼女はね、私たちと近い人なのよ」

老婦人は黒ぶち眼鏡にいい返した。

月野優は黙って馬場さん——老婦人の顔を見た。

「私たちは風天孔参りをしているのよ」

どことなく集団の空気が緊張していた。余計なことを喋るなとみんなが思っているようだった。

「風天孔に入るとね、そこに棲む雷獣が、入った人間を空へと連れ去るの。後には何も残らないのよ。自殺に最適」

月野優は、からかわれているのかもしれない、と思いながらいった。

「え、その、みなさん、そこで本当に自殺を。な、何でですか?」

「そりゃあ、理由はそれぞれよ。人に話すことじゃないわ。自殺はね、文化なの。自殺は何がなんでも悪だっていう風潮ができたのは最近なのよ」老婦人はいった。「武士の切腹がまず自殺でしょう。武士って昔の公務員よ。公務員の清く正しい死に方が自殺だという時代があったのよ」

老婦人は続けた。

「即身成仏ってあるでしょう？　土の中に入って鐘を鳴らしてって、あれも自殺よ。和歌山のほうではね、補陀落渡海《ふだらくとかい》ってのがあって、行者が箱に入って小船で海に出ていくの。もちろん自殺よ。生還しないように体に石をくくりつけたりしたのね。お坊さんも自殺するのよ。明治天皇が崩御されたときも、みな文化人は後追い自殺をしたのよ」

「そうなんですか」

「唐突に死んで、周囲に迷惑をかけまくるよりも……ここが引き際、というときにきちんと準備をして、身辺整理をして、残った人たちのことを十分考えた上で、後は誰にも見つからないように、そっとこの世を去る。どう？　このほうが全然正しいと思わない？　それをまあ、何もわかっていない、理想と建前だけの戦後教育を鵜呑《うの》みにしちゃった若い人たちが、何がなんでも自殺は悪だっていいだしたのよ」

「必ずしも自殺じゃないんよ」迷彩服の男が口を挟んだ。「馬場さんの言い方だと、じゃあ全員、睡眠薬のんで練炭自殺でもすれば済む話になっちゃうもの。そうじゃなくて、我々はあくまでも〈風天孔〉を見つけて、天へ向かうことを望む集団でね。自殺したいわけではない」

「まあそれもそうですわね。でも秋川《あきかわ》さん、身辺整理もして、遺書もお書きになったんでしょう」

「そうだけど、首つりやらなんやらだったら俺はやらんよ。風天孔参りの昇天行だからやるわけで。そもそもはっきりと死ぬかどうかわかってるわけじゃないよね」迷彩服の男は安藤さんに話をふった。

「そうですね」安藤さんはいった。「古くから風天孔参りの昇天行は、異界への旅立ちとされてきました。でも文献に自殺と記されたことは一度もありません。たとえばこんな話が残っています。日照り飢饉《ききん》のときに、空の神様に直談判しにいこうと、勇敢な男が、雷獣の孔に飛び込み空へ飛ぶ、その後雨が降るが、飛びこんだ男は二度と帰ってこなかった――まあ、補陀落渡海も、海の向こうの神の国を目指すものですから、似たところはありますね」

やがて、一行は山を下り、森を抜けた。

山と山に挟まれたひっそりとした集落が現れた。

もう夕暮れだった。田んぼが黄緑色に輝いている。

安藤さんは民家の戸を叩《たた》いた。出てきた性別不明の老齢の家主に「すみません、風天孔参りですけど」と頭を下げた。

どうやらそれで通じるらしく、老齢の家主は「裏の離れで」と短くいうと奥へ引っ込んだ。

一行が民家の裏に行くと、そこには粗末な小屋があった。錆《さ》びたトタン屋根に、曇った硝子《ガラス》窓が嵌《は》まっている。

「この一帯には風天孔参りといえばもてなしてくれたり、泊まらせてもらえたりする家があちこちにあるのよ」老婦人が説明した。「看板だしているわけじゃないけど、安藤さんがプロだから知っているの」

「プロって」

「先祖代々の案内人なの」

とりあえず下山は果たしたことになるが、国道に出るにはさらに森の中の道を進まねばならないようで、月野優も彼らと一緒に宿泊することになった。

しばらくすると、さきほどの民家の家主が、人数分のおにぎりと、麦茶の入った盆を持ってきた。

「ありがとうございました」皆が口々に礼をいったが、老齢の家主は何もいわずにただ頷くと、戻っていった。

安藤さんがランプに火をつけ、薪《まき》ストーブにも火をいれる。

優もおにぎりをもらった。食べ終わってからずっと気になっていたことを老婦人にきいた。

「風天孔はどこにあるんですか？」

「場所は決まっていないの。ただこの山域のどこかに現れるのよ。私たちはそれを待ちながら歩くのみなの」

「だから、馬場さん、この女の子、部外者なんだからさ。あんまり部外者になんでもべらべらいうなよ」黒ぶち眼鏡の男がいった。

「あら？　誰でも最初は部外者なのよ」老婦人は笑った。「そして本当は誰ひとり部外者ではないと思うわ」


翌朝早く出発した。

一行は霧に煙る森の中を進んだ。三時間ほど進めば国道まで出るという。そこで別れる予定だった。

歩き始めて少しして、太陽が隠れたのか、不意にあたりが薄暗くなった。

先頭を行く安藤さんが足を止めた。

高く尾を引く風の音がした。梢《こずえ》が揺れた。

「みなさん。来ましたよ」

みなぴたりと歩くのをやめた。

霧が動いている。

風がどこかへ向かっている。

地表の落ち葉がかさかさと流されていく。

一行はそろそろと、道を外れて、風の後を追うように進んだ。

木々の中にある空き地に、竜巻が生じていた。

だが、通常の竜巻ではなかった。

無数の枯葉と霧が、半径十メートルほどの円を描いてぐるぐると回っている。竜巻の中心部は薄ぼんやりと白く光っている。

何かミニチュアの銀河のようにも見える得体の知れぬ渦だった。

竜巻の手前で一行は足を止めた。

「風天孔だ」黒ぶち眼鏡の男が興奮気味に呟《つぶや》いた。

「順番では馬場さんでしたね」安藤さんがいう。

みなが老婦人を見る。

「じゃ、馬場さんどうぞ」

老婦人は前に進み出た。

「それじゃあ、みなさん、いろいろありがとうございました」

老婦人はぺこりと頭を下げ、竜巻の中に入っていく。

全員がその背姿に合掌した。月野優も、雰囲気に呑《の》まれて手を合わせた。老婦人を止めようなどということは全く考えなかった。

中央の光が老婦人を呑みこむ。

何分が過ぎただろう。

竜巻は消え、あたりはただの森に戻っていた。老婦人——馬場さんはどこにもいない。

消滅していた。何も残さぬ完璧《かんぺき》な消滅といえた。

「それでは、行きましょう」

安藤さんがおもむろにいうと、ようやく一同は動き始めた。

誰も何も喋《しゃべ》らなかった。

物凄《ものすご》いものを見てしまった、と月野優は思った。膝《ひざ》が小刻みに震えていた。

そこからしばらくすると、樹木の間から国道が見えてきた。そろそろ一行と別れるときである。

「あの、みなさん、この先はどうするのでしょうか」

「私たちは国道にあるレストランで食事をした後、また山に入り、今度は稲光山から箕《み》輪《わ》山へと抜けます。風天孔は、希少な現象なので、また現れるかは定かではありません」

現れたら、次の順番の人間が入るのだろう。

「あの、これって」いいかけてやめた。

あのこれって――いつもやっているんですか？　全員があの竜巻に入り終わるまでやるんですか？　中に入った人は本当に死ぬんですか？

いきなりたくさんの疑問が浮かんだせいか、言葉にならなかった。安藤さんは口の端に笑みを浮かべた。

「そう、つまり、あなたも、風天孔に入ってみたくなってきたと？」

何か急に体温が奪われたような気がした。

「いえ、いいえ、まさか」

大慌てで否定した。

一行は国道に出ると、しばらく歩き――〈レストラン&宿・フォレストパーク〉で食事をした。

ようやく人間の領域に出たことに、心の底から安堵《あんど》した。

月野優はフォレストパークで、安藤さんに〈風天孔参り〉についてさらに質問しようとしたが、黒ぶち眼鏡に怒られた。

「お姉ちゃんさあ。ルールあんのね。部外者で知らないのはわかるけど、〈山でのことは里では一切口外してはならない〉だから。祟《たた》られるしね。特に〈風天孔〉のことは。あんたは無事下山できたんだから、もういいでしょう？　代わりにルールだけは守って」

彼らはまた森へと入っていった。もちろん、月野優はフォレストパークの前で彼らと別れた。

数キロ歩いて辿《たど》り着いたバス停の運行表を見てうんざりした。一日二本で、しかも、今日のバスは十分前に出てしまった後だった。さて、どうするべきか。体は疲れ切っていた。そこでふと先ほどのレストランの看板を思い出した。〈レストラン&宿・フォレストパーク〉

「と、いう話なの」月野優はいった。

「なんだいそりゃ」私はいった。「本当の話かね、そりゃ」

「地元のレストランの人でも、風天孔参りって知らないんだ」

「まあ、僕はここが地元ではなくて、もとは外から来ているから。出身京都だからね。しかしなんというか、順番に自殺する集団か。その、案内人の——ええと、安藤さん？は何者なんだ」

「わからないの。もう下山したら何もかも禁句みたいで全然聞けなかったんだけど、なんだか今考えると幻みたい。本当にあの人たち存在したのかなって」

外で強風が吹いて、窓硝子が鳴った。

「私怖くって」

月野優はぼそりといった。

「だって、後から考えると、私が見たのって、形はどうであれ死よね？　目の前で自殺を見たのと同じよね？」

私は月野優の寝顔を見ながら、二十年前に離婚した元妻のことを思い出した。かつて元妻は別れる直前に私にいった。

——どうせ、あなたなんか、私と離婚した後には、誰からも相手にされないわ。

元妻は度を超した他罰的な人間であり、自分の不幸の原因は全て私にあるのだと言い張っていた。仕事からくたくたになって帰ってくると、私ではない人間と結婚すればどれほど幸せだったかを毎日私に説くのだった。

私は元妻の顔を見るのも嫌になっており、また元妻は私を傷つけようといつも必死だった。元妻の口から出た酷《ひど》い言葉はいつまでも私の中に残った。

実際には離婚後もそれなりに出会いはあったが、結局私は、最初は良くても、長くつきあえば、誰もが元妻のように醜悪な性質を露《あら》わにするのではないかという恐れから、二度と結婚をしなかった。ただ、誰かと関係を持つたびに、私は記憶の中の元妻を嘲笑《ちょうしょう》した。

——どうだ、見てみろ。こんなこともある。誰が誰からも相手にされないんだって？

十月に入ると、森に入って拾ってきた薪をハイエースに積む。それから石油ストーブ用の灯油も町に買いだしにいく。

この時期になると観光客は滅多にこない。

樹海は紅葉して赤や黄に染まる。よく晴れた日など、空気がどこか香ばしくいい感じだ。

月野優はまだ宿泊していた。週ごとに、前払いで料金を払ってくれる。一日二本のバスで町に行ったり、散歩をしたり、そして二日に一回は私の布団にもぐりこんでくる。

「エプロンをつけて、お店に立ちたいのですけど」

月野優はいった。

私は首を横に振った。人を雇う収入などないことを説明しなくてはならなかった。そもそも客も少なく、不必要だった。

「すまんね、本当は雇ってあげたいのはやまやまなんだが。あとね、十月の半ばで、店は休業期間に入るんだ。春まではクローズとなる。もういくらもない」

「お金はいらないし、そのときまでで、いいです。暇なんだもの」

断る理由もなかった。そして閉店までの一週間、月野優は店に立った。客はほとんどこなかった。

「シーズンオフはいつもどうしているの」と彼女はきいた。

「十年ほど前はよくフィリピンやオーストラリアに行っていた。ドン黒を預かってもらえる友人家族もいたしね。南半球は夏と冬が逆で、避寒に最適だからね。円高のときなんかは特に。東京や大阪に出稼ぎにいくときもある。ただ最近は、ここで冬ごもりするよ。時々スキーにいったりして。冬眠する熊みたいに」

「いいな」

「のんびり暮らしがお好みかな？　のんびりしていると、忙しいのもいいな、と思うけどね」

その年、店を閉店したのが十月の十六日。彼女は同じ日に去った。東京に戻るのだという。それがいいよ、と私は心の底から思った。

私はここでの暮らしを気にいっているし、彼女にいて欲しいとも思ったが、彼女の若さや、可能性や、将来を考えると、僻地《へきち》で給料の出ない仕事なんかを、暇つぶし以外でするのはもったいないと思った。

私は彼女を車で駅まで送った。

「都会が疲れたら、いつでもおいでよ」

私はいった。

2

翌年の夏、八月のはじめだった。

カラン、と扉が開かれた。

「おぼえていますか」

月野優だった。

よくおぼえていた。去年のことは夢のように感じていた。まさか戻ってくるとは思っていなかった。

「これはまた、優ちゃん。元気かい」

彼女はきつねうどんを頼んだ。ドン黒が一年ぶりの彼女の匂いを嗅《か》ぎにいった。客がひけてから、彼女はいった。

「岩さん、今年も働けますか？　東京で稼いできているので、お給料はいらないんで」

なかなか悩むところだった。経営者として、ただ働きをさせるのは、好ましいことではないのだ。少し考えてからいった。

「もちろん君がそれでいいなら、こちらはかまわないよ。月給は本当に雀の涙しかだせないが、代わりに宿泊費は無料にしてあげよう」

「やった」


翌日から彼女は働き始めた。

店に立ち、掃除をし、洗濯をし、机を拭《ふ》いた。ドン黒に餌をやった。

定休日の木曜日には彼女をあちこちに連れていった。温泉、湖、滝、湿地のハイキングトレイル。

「私がきてどうですか。楽しいですか」

トレイルを歩きながら彼女はいった。

「楽しいよ」私はいった。「君は楽しいのか」

「ものすごく楽しい」

「親子に見えないかな」

「不倫カップルに見えるかも。岩さんがお父さんだったらいいですけど」

湿原に渡した板の道を歩く。あちこちに花が咲いている。

「ねえ、きのう、猟師の人からシカ肉をもらったじゃないですか」

「ああ」

友人の公務員兼罠《わな》猟師が遊びにきて、鹿がかかったので、と肉をお裾《すそ》わけしてくれたのだ。

「私、あれで料理を作って、お店で出してみていい？」

「ほほう。新メニュー登場か？」

彼女が店に戻って作った料理は、〈シカ肉のシチューパイ〉というものだった。味は悪くなかった。だがフォレストパークでは不似合いなメニューの気もしたし、みんなここでは、きつねうどんやおでんやカレーライスを食べたいのであって売れるまい、と思いもした。もしも彼女の案でなければ即刻却下しただろう。この店は私の店で、君の店ではないという思いもあった。だが、私は彼女の機嫌を損ねたくなかった。せっかくだから「期間限定」として店内に貼り紙をした。

なぜだか売れた。

八月から九月にかけて、ひたすらそればかりが売れ、さらに湖のほうの週末観光客で、行きに通りすがりに食べたのだが、もう一度食べたくて、とやってくるリピーターまでいた。明らかに客が増え、道路沿いに〈シカ肉のシチューパイ販売中〉とのぼりをだした。

シカ肉が尽きたので、件《くだん》の猟師に電話をして、お金を払うからまた数キロ譲ってくれと頼むことになった。

私は〈シカ肉のシチューパイ〉の売り上げで、彼女に給料を払えるようになった。

その後も彼女の料理研究は続いた。〈山菜と森の茸《きのこ》のクリームパスタ〉や、〈ほうとうつけ麺《めん》〉〈猪肉のガーリックバタースステーキ〉などが期間限定メニューに登場した。

部屋でコーヒーを飲みながら本を読んでいると、隣でドン黒を撫《な》でていた月野優がいった。

「ドン黒大好き。私も昔犬を飼っていた。その犬ね、こげ茶色の耳のとがった雑種で、少しドン黒に似ているの。私、初めてドン黒を見たときあっと思った」

「過去形ということは」

「そう、もう死んじゃったの。岩さん、死って何？」

「何って、死は死だよ。縁起でもない。生の反対だ。病気で死んだの？」

彼女はそれには答えずに、じっと私の顔を見ていた。部屋は静かだった。死を口にするな、と私は思った。私は間違いなく君より先に死ぬ。君の人生はまだまだたっぷりある。

唐突に彼女は告白した。

「私の名前、月野優じゃなくて、田浦真知子《たうらまちこ》っていうの」

「偽名だったの？」

うん、と彼女は頷《うなず》いた。

いわれてみれば偽名っぽい名前だと思った。

「怒った？」

「いや、怒りはしないけど、驚いたよ。じゃあ、明日《あした》から真知子ちゃんって呼べばいいのかな？」

「ううん。その名前は捨てたの」

最初からわけありだとは思っていた。話したがらないことはきくまいとも思っていた。

だが彼女は今、明らかに何かを話したがっていた。

「いろいろ話したらいい。新しいコーヒーを淹《い》れるから」

「昔の話をしてもいい」

いいよ、してくれと私はいった。

「小学六年生のときでした」彼女はあまり感情のない声でどこか他人事《ひとごと》のように昔の話を始めた。


小学六年生のときでした。

社会科見学の日に、私の人生を変える事件の発端が生じたの。

同級生の榊原《さかきばら》みなみのTシャツ、そして靴下が――私のものとかぶってしまったのです。

榊原みなみはこれに激怒しました。

「あーあ、田浦と同じになっちゃったよ。どうしてくれんのこれ。田浦っていつも真似してくる。あいつ超うざい」

榊原は私に抗議をしました。

「おめーのせいで、社会科見学が台無しになったんだよ。次にあたしの真似をしたら、みんなで無視するよ」

「別にあなたの真似をしたわけではなく、完全に偶然」と私は返しました。「自意識過剰」

相手が何を着てくるか事前に知っていなければ真似なんてできるわけないのだし、そもそも同じ町に住んでいるのだから、同じ服屋に行って同じ品物を手に取る可能性って凄《すご》く高いのです。

これがきっかけで、翌日から榊原グループは、私への苛《いじ》めを始めました。

榊原はグループでしたが、私は一人でした。

私は、ビョーゲンキン、と呼ばれ、休み時間に体操着が宙を舞うことになりました。歩いていると、背中に、セロテープで「うぬぼれちゃん」と書かれた紙が貼りつけられました。

榊原たちは、私の名前を騙《かた》って男子のところに電話して告白したり、私が通り過ぎたときに「ブス」と呟《つぶや》いてみんなで笑ったり。「別に田浦さんのことをいったんじゃありませーん。ヒガイモウソウだし！」

私は学校を休みませんでした。澄ました顔で登校し、授業を受け、一人で給食を食べ、一人で下校していました。

そんなある日、私は、犬を連れて公園を散歩していました。

そこで、たまたま榊原とそのグループに遭ってしまいました。

彼女たちは近寄ってくると、犬を抱かせて欲しい、と私にいいました。彼女たちは猛烈な苛めをしながら、唐突に「仲良しなクラスメート」ぶることも多かったのです。

私は断りました。女の子の一人が手を出し、犬が吠《ほ》えると、榊原みなみが前に出て「しつけなり～」と笑いながら犬を蹴《け》りました。「やめてよ」私が怒ると、「きゃあ、ブサ犬が吠えたなり～」といって私を押しました。犬のリードはいつのまにか、彼女たちのグループにとられてしまいました。

私は地面に倒されました。みんながげらげら笑いました。起き上がると、犬も、榊原みなみのグループもいなくなっていました。

翌日の教室でした。

「犬を返して」

「あのコ。私が飼うことにしたから」榊原みなみはいいました。「肉あげたら、ソッコーで懐いたけど。名前はね、トシにしたの」

そして私は——田浦真知子は、隠し持ってきた果物ナイフをとりだして榊原みなみを刺しました。

榊原みなみは、その日、病院で死にました。

田浦真知子は少年院に行きました。

犬は、榊原みなみの家に繋《つな》がれていました。しかし、娘を殺されて激怒した榊原みなみの父親が、殴り殺してしまいました。


「お、し、ま、い」

月野優はいった。

私は胸苦しさでいっぱいになっていた。

「本当なのか？」

「少年院から出たら、もう一家離散状態でした。あなたはもう大人なのだから、勝手に生きなさい、この先一切、実家に迷惑をかけないようにといわれ、縁を切られました。そして田浦真知子は、名前を月野優に変え、顔を整形し、嘘だらけの履歴書で、フリーターをしたり、男にぶら下がったりしながら、ぶらぶらといい加減な人生を送りました」

相変わらず他人事のように彼女はいった。

そうか、整形したのか。確かに顔立ちは整っていて、世間一般の美人顔をしていると思っていたが、考えもしなかった。

「軽蔑《けいべつ》する？」

「軽蔑よりも、同情するよ」

もちろん語り手が、同情されるように細部を加工しているのかもしれない。そうだとしても、やはり同情する。

「私ね、半分死ぬつもりで、三日山をさ迷っていたの」

「やめなよ辛気臭い。やめやめ。もう、食べ物の話をしよう」私はいった。話を変えたかった。だが彼女はやめなかった。

「バイト先で少し仲良くなった同じ年の子と話していると、高校時代の話をするの。その頃つきあっていた彼氏はどうだったとか、あの頃はガキだったとか、音楽の流行《はやり》の話とか。それでね、私もあたかも女子高生だったことがあったかのように話を合わせるの。ああ、あれね？　あったあった、私の学校ではさあ、なんて。彼氏ができるでしょ？　私は実は殺人犯なんて、いえる？　いえない、いえない。でも、彼氏と結婚の話みたいなのが出はじめちゃって、私困ってさ。女子高だったとか全部嘘で、家族に縁切られていることとか、同級生殺してネンショー行ってたこととか話さないとならないのかな？　とか思って」

仕方がないだろう、と思った。榊原みなみを刺しちゃったんだから。そのぐらいは受け入れないと。でも、口に出さなかった。女の愚痴に正論は禁物だ。

「とりあえず、まずは様子見で整形したことだけ告白したら、それだけでもう電話がかかってこなくなったの。おかしくない？　だって芸能人とかモデルとか、グラビアアイドルとか、みんな整形しているよ？　メイクとかだって元と全然違う顔になるんだから一緒じゃん」

「忘れるんだよ。そんなのは。その彼氏は、ただ君と縁がなかっただけなんだ」

「私の周りの人って、みんな夢を語るの。パティシエになるだの、アパレルショップをやるだの、どんな人と結婚するだの、聞いていると苛々《いらいら》してくる。私、夢っていうと、お母さんと、お父さんと、犬と一緒にバーベキューしているところしか浮かばない。夢の中では私は小さな子供で、榊原みなみは存在しないの。今いる自分は全部悪夢でしたってことになっているの」

「君は料理が上手じゃないか」

何をいったって無駄だ。ただ話したいのだ。話せばすっきりするのだ。月野優はその後も一時間ほど愚痴を続け、やがて喋《しゃべ》り疲れて眠った。

翌日には、月野優は昨晩の告白を全部忘れたように、店に立った。

私もまた、何も聞かなかったように振舞った。

私たちは今まで通りに仕事をした。彼女が真夜中に話した内容には全く触れなかった。

それから三日後、十月の第一週のことだった。

月野優は、唐突に消えた。

午前中は店にいた。いないことに気がついたのは昼時だった。もしかしたらお腹を下してトイレに籠《こも》っているのかもしれないし、携帯電話に誰かから電話がきて、話し込んでいるのかもしれないと思った。

二時になって、客足がひけてから、いったん奥に引っ込むと、置き手紙があった。

岩さん

急用ができたので、お店を離れます。

三日経って戻ってこなかったら、もう私のことは忘れてください。その際、面倒だと思うので、警察なんかには連絡しないでいいです。

いろいろ話を聞いてくれてありがとう！

迷惑かけてすみませんでした。

岩さんとフォレストパークのことが大好きです。

月野優

私は首を捻《ひね》った。まずフォレストパークのドアに、クローズの札をだした。どういうことなんだ？　唐突に急用ができて、さらにその内容は手紙に残せないらしい。まさか。あれだけ洗いざらい告白したんだ。今更どんなことでもいえばいいのに。

　そして、はっと思い当たった。

　本日の客に、ある一団がいた。

　登山客数人のグループだ。

　月野優がはじめてここに来たときに一緒にいた風天孔参りの引率者の顔を、私は覚えていなかった。特に気にもしていなかったが、ことによれば、今年もまた彼らが樹海から現れたのではないか。

　月野優はそれに気が付き――そこに、誘惑があったのではないか。

　動悸《どうき》が激しくなった。

　いったん思い当たると、絶対にそうに違いないという気になってくる。

　私は慌てて鞄《かばん》にペットボトルを入れると外に飛び出した。

　樹海の中の小道を進む。

　一時間ほど森の中を進んだところで、ザックを背負った数人が立っていた。みな先ほどのフォレストパークの客だ。月野優の姿はない。

　彼らは私に一斉に視線を向けた。その顔に、悪いことをしているところを見つかった子供のような後ろめたさを読みとった。

　ビジネススラックスに、登山靴、ゴアテックスのジャンパーを着た、細い目をした中年男が前に進み出た。

彼は陽気な口調で挨拶《あいさつ》をした。

「どうもこんにちは」

「何をしているんです」私はきいた。

「ああ、私たちは、東京の森林愛好サークルなんです」

私は彼の手にしている杖《つえ》に目をとめた。あちこちに竜や鼬《いたち》の彫刻が施されている。まさに、月野優の話に出てきた男の杖だった。

「嘘だね」私はいった。「あなたたちは、風天孔参りだ。あなたが自殺志願者を引率しているのか」

細い目をした中年男の表情が強張《こわば》った。

「安藤さん、この人、さっきのレストランの人では」

チェック柄のジャンパーの男が、細い目をした中年男――安藤さんにいった。

「そうだよ。うちの従業員の姿が見えなくて、捜しにきたんだ」私は苦い気分でいった。

「若い女の子なんだが、こっちに来てないかと」

頭にバンダナを巻いた太った男が、さも迷惑だ、というようにいった。

「滅茶苦茶だよ」

「何が」

「おじさん、若い女きたよ。そいつね、さっき順番守らず突っ込んでいった。なんなんだ、あれ」

「それで、どこにいる？」

「どこにもいないよ、そりゃ」太った男は、へへっと笑った。「空とか？」

私は瞬間、混乱した。それはつまり――？　私は風天孔参りと口に出しはしたものの、月野優の話の全てが本当だとは――特に渦が出現するくだりは――思っていなかったのだ。

「ふざけるな！」

「いや、でも、俺たち止めたよ、なあ」と太った男がいった。彼は私の激怒を、女を制止しなかったことについて生じたものと思っているようだった。そこにいた集団は、お互いに顔を合わせていう。「止めた、止めた」

眩暈《めまい》がしてきた。本当にそんな、雷獣の棲《す》む穴なんてものがあるのか？

「おい、止めたんなら、彼女はなんでここにいないいんだ」

誰かが何かいおうとするのを安藤が手で制した。

「ちょっとすみませんね。興奮されているようで」

細い目に妙に威圧感がある。

「いろいろ誤解があるようですが、状況をもう一度ご確認していただきたい。えっと、希少な自然現象である〈風天孔〉のことはご存知のようですね。あなたのいった通り、私たちは風天孔参りです。先ほど〈風天孔〉が現れたのですが、私たちのグループと特に関係のない女の人がいきなり現れ――まあ後をつけられていたのかもしれませんが――こちらが止めるのも聞かずにその自然現象に突っ込んでいった。で、消えてしまった。それはもちろん残念なことですし、お悔やみを申し上げます。でも、我々にどうにかできることではなかったんですよ。むしろ我々は、彼女が何でそんなことをしたのか知りたいのですが」

「去年、三日山で道に迷ったとき、あんたたちについていったといっていた」

「ああ」安藤は小さく呟《つぶや》いた。「あの娘か。なるほど。確かに去年そういうことがありました」

化粧気のない三十代後半とおぼしき女がいった。

「あなたのお連れさんですよね？　こんなことをいうのは心苦しいですけども、お連れさんが飛び込んでいったのは、いろんな意味であなたのほうにこそ、責任があるのではないですか？」

私は口を開いたが、言葉がでなかった。

確かに――月野優は自殺をしたのであり、断崖《だんがい》絶壁から飛び降りる、のと同じことだ。その場にいた赤の他人を責めるのは筋違いなのかもしれない。そして、責められるべきは、彼女に追いつくことのできなかった私なのかもしれない。

私は彼女の悩みを心ゆくまで聞いてやらなかったのかもしれない。言葉を尽くして励ましてやらなかったかもしれない。〈シカ肉のシチューパイ〉がどのぐらいお客さんに喜ばれているのかだって、言葉にしてあげなかったかもしれない。彼女がきて目に見えるもの何もかもが変わり、二十歳も若返ったような気分でいることを話さなかったかもしれない。私は彼女がどんな男たちとつきあってきたのか知らない。結局のところ、私は、彼女がほんの少し語った暗い過去以外には、彼女の内面の風景など何一つ知らないのだ。

月野優の告白をきいた翌日、私の携帯電話に古い馴染《なじ》みの女友達から電話がかかってきた。二十キロ離れた町に住む主婦だ。たいした用事でもなく、また特別な感情を持つ相手でもなかったが、私は、月野優の前であえて情のこもった長電話をしてみせた。何故そんなことをしたのか？　自分には深い絆《きずな》のある女友達だっているのだぞ、と月野優に見せつけるためにだ。何故見せつけなければならなかったのか？　それは月野優の携帯電話が一時間に一度メール着信音を鳴らすことが厭《いや》だったからだ。ボーイフレンドのたくさんいる月野優に「こいつは女にもてない孤独な男なのだろう」と思われるのが癪《しやく》だったからだ。五十を越えてこのていたらくだ。

月野優に三十歳年上の狭量な愚者への恋心なんてものがあるはずはなく――おそらく彼女が去年滞在し、今年戻ってきた一番の動機は風天孔参りの集団に再び巡り合うためで、フォレストパークは彼らを待つ場所として都合が良かったのだ。

私と体の関係を持てば、店にも立たせてもらえるし、彼らがやってくるのを見逃さずにすむ。暇つぶしの本もあるし、犬は昔飼っていた犬に似ている。

それでも彼女はきっと心のどこかでは、最後の最後に自分を引き留めてくれる人間を求めていたのではないか？

私は彼女が絶望していることさえ知らなかった。

私がぼんやり立っていると、安藤はいった。

「お気持ちはわかります。また、私たちの〈行〉がさぞや忌まわしいものと感じているでしょう。しかしながら、世の中には綺麗《きれい》ごとだけでは叶《かな》わぬ願いもあるのです。すみません、私たちは先へゆきますので」

私が顔をあげると、もう一行はいなくなっていた。

3

翌年の春、ドン黒が死んだ。

私はドン黒をフォレストパークの裏手にある山に埋めた。仔犬の頃からの十七年のつきあいだった。

私はしばらく打ちひしがれた。ドン黒との思い出はたくさんありすぎた。新しい犬を飼おうという気にはならなかった。

それでもしばらくの間はフォレストパークを営業していた。〈シカ肉のシチューパイ〉

も、その他の月野優メニューもとりやめにした。客はあっというまに激減した。客の一人に〈シカ肉のシチューパイ〉を今年は出さないのかと訊《き》かれ、私は翌日から無期限で閉店とした。

初夏になると、私はだいたい目星をつけたルートに探索にでた。三日山からフォレストパークに出るルート。そこから、樹海を通って稲光山。彼らが通っていると思われるルートだ。

道のいくつかは熊笹に覆われていた。迷わぬように、テープで目印をつけたりしながら、繰り返し山に入った。

夜はテントを張り、インスタント食品を食べた。

月野優を呑《の》みこんだ〈風天孔〉なる現象を一度よく見てみようと思ったのだが、話に聞いたような現象には、一度も出くわさなかった。

八月の終わり頃、八度目の山行で、安藤と彼が引率している一行に出くわした。去年見かけたチェックのジャケットの男も、太った男も、化粧気のない女もいなかった。代わりに去年とは別の男女が数人いた。

彼らは木陰の水場で休憩していた。

「去年はどうも」私は安藤に声をかけた。安藤は驚いた顔をしてみせた。

「ああ、あの……ふもとのレストランのご主人ですか。従業員の方は残念でした。私の方こそあのときは何もしてあげられないですみません」

「いえ、こちらこそ、去年は取り乱してしまいまして」

私は安藤の杖《つえ》に目を向けた。竜が鼬《いたち》と絡みあっている。悪魔の伝道者の杖だと思った。

「親しい方を失ったのですから、誰でもそうなります。レストランの調子はどうですか？」

「閉店しました」

「そうですか」

「そんなわけで、まあ、一緒についていっていいですかね」

おや、と安藤は眉《まゆ》をあげた。

「えっと。それは、風天孔参りをしたいということですか」

「そういうことです」

とはいったものの、私は風天孔に入るつもりはなかった。彼らのしていることは馬鹿げたことだと思っている。ただ果たして本当にそんな現象が起こるのかがどうしても知りたかった。

安藤は腕を組んで私を値踏みするように見た。

「案内料で十万かかりますがいいですか？」

殴ろうかと思ったが、殴ればそれでもう終わりだ。私は承知した。

「いくらかは、宿泊先を貸していただける民家の方に心付けとして渡していますので」

「去年の連中は、どうしました」

「ここではないところに行きました」安藤は微笑んだ。「そういう集まりですから。順番があるので守ってください」

私は頷《うなず》いた。おそらく今いる連中の中で、私の順番が最後だということだろう。

見るまでは信じない。

当然のことだ。本当は皆が口裏を合わせているだけで、そんな現象など存在しないということだってありえる。

だが、安藤と合流してから、二日目に、私は風天孔を見てしまった。何故今まで出現しなかったものが、彼と一緒だとすぐに現れるのかわからなかった。

すうっと辺りが薄暗くなる。中央にぼうっとした白い輝きがあり、周囲を無数の落葉が洗濯機に放りこんだようにぐるぐると回っている。小さな台風のようにも見える。

息を呑んだ。中央の白い輝きを見ていると、何か自分の魂もそこに吸い込まれていくような気になった。

見る人間が見たらプラズマだとかなんだとか科学的な呼び名がつくのかもしれないが、大昔の人間が、雷獣と結び付けたのはよくわかる気がした。大気にある種の存在感……電磁波のようなものを感じた。

初老の登山者といった雰囲気の男が「では、いきます。私ですね」と前に進み出た。そして何やらお経めいたものを唱えながら、光の中に消えていった。

みな彼の背中を拝んだ。

初老の登山者を呑みこんでも、光は何の変化もなかった。強まりも弱まりもしなかった。

やがて光は消えた。落ち葉がはらはらと下に落ちていく。

終わってしばらくは瞼《まぶた》の裏に光の残像が焼きついていた。様子を窺《うかが》うと、みな呆然《ぼうぜん》と、いささか恍惚《こうこつ》とした面持ちで立っている。私もしばらくは放心状態だった。

その晩は、稲光山のふもとの山小屋に泊まった。食事の後、私は安藤を山小屋の外に呼び出し、二人きりで話した。

「安藤さんの持っている杖は、風天孔の出現と関係ありますか」私はきいた。「夏に、自分で探しても一度も現れなかったもので」

「杖？　ああ。あれは父親からもらったもので、ただの杖ですよ。装飾が派手ですが、風天孔の出現とは関係ありません。まあ、案内人の印のようなものですがね。風天孔が出現するかしないかに関係があるのは、杖ではなく私です。私の体があれを招き寄せる性質を帯びているのですよ」

だから案内人の私なしでは、風天孔には逢《あ》えないのです、と安藤はいった。

「順番がきたら、どうしても自殺しなきゃだめなんですか？」

安藤は苦笑した。

「自殺自殺という人が多いですが、厳密にいいますとね。どうなってもいいから風天孔に入ってみたいという人がいるだけのことなんですよ。あれは魅力的でしょう？」

私は頷いた。確かに渦には言葉で説明できない魅力があった。

「強制するはずもなく、順番がきて入らなくてももちろんかまいません。ただ、その場合はその人はもうそこで降りてもらいます。見物だけという方は受け付けていません。昇天行はやはり神聖なものなので、他の真剣なお客さんを見世物にすることは不謹慎ですから。ああ、でも……岩渡《いわと》さんは、もちろん入りますよね？」

私はにっこりと笑ってみせ、逆に言い返した。

「わざわざ入らなくてもいい竜巻に、言葉巧みに人を案内しているんですから、もちろん、あなたもいつか入るんでしょうね」

魅力的だからなんだというのか？　だからそこで死のうというのならやはり間違っている。

「はあ？」

安藤の顔から笑みが消えた。細い目の眼光が鋭くなる。

「はあ？　とは？　はあ？　とは何ですか」

しばらく私たちは睨《にら》みあった。安藤は、ふっと息をついた。

「いや、すみません。なんだかね、今あなたの言い方にね、どうせ自分は入らないくせに、みたいな皮肉めいた響きを感じましたがね。話したかもしれませんが、私は、由緒正しき案内人の家系でしてね、祖父も父も、母も、最後には向こう側に行っています。

この仕事に誇りを持っているし、本当をいえば、私だってもう入りたいんですよ」

私はその言葉尻《ことばじり》に蛇のように絡みつく。

「だったら、入ってください。見ていてあげますよ。私の順番はあなたの後にします。あなたが入るのは、いつ頃を予定していますか？」

安藤は、おや、という顔をする。

「それとも、予定は未定ですかね？」

長い沈黙があった。

安藤は意外にも明るい声でいった。

「いいですよ」

「いいとは？」

「今回の最後でいいですよ。今いるお客さんを責任持って案内し終わったら、私とあなたの二人になる。そこで、私は〈風天孔〉に入る。あなたはそれを見届ける」

4

そしてどうなったのか。

その通りになった。

一人、また一人、と数日ごとに風天孔に消えていった。雨が降って小屋に籠《こも》ることもあったし、いくら歩いても風天孔が現れないこともあった。

だが初雪が降る頃には、私と安藤は二人きりになっていた。

安藤は白い道をざくざくと歩きながらいった。

「この風天孔参りは、江戸時代初期に始まったそうです。最初の頃はもっとずっと宗教色の強い大掛かりなものだったそうです。まあ、幻のような稼業ですよ。私が消えれば、細々と続いてきたこの稼業は消滅します」

私は黙って後をついて歩く。安藤は返答がないのを気にせずに喋《しゃべ》り続ける。

「後継者を育てようなどとは思わなかった。私にも、かつて息子がいたんですが、十五歳のときに、女に振られて、これまたあっさりと、あっちにいっちゃいましたよ。女房も息子を追いかけていっちゃいました。人間は、弱いね。風天孔に入るとね、全てが透き通っていくといわれています。痛みも、悩みも、苦しみも、何もかもが消滅し、体が全く別のものに変質して、稲妻のようになって空へいくのだと。誘われるような気持ちになるのは、中が極楽だから、魂が求めているのだと。まあ言い伝えですね。妻も息子も空にいるのだと信じています」

私は真っ白な空を見上げる。

「そう、で、これも縁だ。あなた、私の後に、案内人をやりませんかね」

「何をいっているのかわからんが」

「ああ、わからないですか。半分冗談、半分本気で話しています。案内人の秘密を教えましょう。普通の登山客なら百回このルートを歩いても、風天孔は一度も現れないでしょう。出現率は一パーセント以下です。でもね、〈誰かから風天孔のことを聞いた人〉だとぐぐっと出現率が高くなる。まあ、二パーセントくらいにはなる。さらに〈誰かが風天孔に吸い込まれたところを見たことのある人〉だと出現率は大幅に上がり、十回に一回ぐらいは見るようになる。さらに何度も人が入るのを見ている人だと、五回に一回ぐらいの、二十パーセント近くの遭遇率まで上がるんです」

安藤は杖《つえ》を振った。

「そうすると、私の亡き後、案内人の特性を帯びているのは、日本でただ一人、岩渡さん、あなただけなんですよ。あなた以外の人間にとっては、風天孔なんてものは存在しないも同然の現象です。でも、あなたと一緒にいれば現実にそれに逢える。これは唯一無二の凄《すご》い才能です。けっこういい商売になりますよ。ここだけの話。五人案内したら五十万ですから。まあレストランも閉店したんなら」

「なるわけないでしょう」

「ああ、そっか。岩渡さんはもうすぐ入るんでしたよね。私が消えた後の次の風天孔に。ねえ？」

私は答えなかった。

入るつもりはなかった。ただ何か胸の奥に暗い暗雲が現れはじめていた。

「まあ、どっちでもいいんですがね。背負ってしまうと下ろせない。そういう荷物がこの世にはあるんです。いずれあなたにもわかります」

「何がいいたいんです？」

安藤は一人でぶつぶつと喋りはじめた。

「ああ、ここは地獄だな、と思ったときに蜘蛛《くも》の糸が上から垂れている。だが、登った先が極楽である保証はない。もっとひどい地獄かもしれないし、自我の消滅による虚無が待っているかもしれない。だが、蜘蛛の糸を摑《つか》まなければずっとここにいることになる。よく考えよう。よく考えよう。明日《あした》も、明後日《あさって》も、この地獄で、ずっとずっと考え続けて、そう、ある日気がついたら、誰もいなくなっていた」

安藤は独り言をやめた。

あたりが薄暗くなり、地表を風が吹いた。積もったばかりの粉雪が巻き上げられていく。

白い輝きの周囲を無数の雪片が舞っている。

きらきらきらと、その雪片が中央の光を浴びて輝いている。真っ白な悪魔のようだ。

「綺麗《きれい》だなあ」

安藤は何の躊躇《ちゅうちょ》もなく、私を振り返ることもなく、光の中に踏み込んでいった。

私はじっと立っていた。

冷気がジャケットの隙間から忍び込んでくる。

寒い。

森の高い梢《こずえ》を見上げる。枝の隙間からはらはらと雪が降ってくる。鉛色の雲は隙間なく空を覆っている。

私はふと、自分が一人ぼっちであることを思い出す。人生の全てが幻だったように、今や老いた体があるだけだ。

一歩進むと、雪の上に杖が落ちていた。私はそれを拾い上げる。彼が存在したただ一つの証拠品だった。

全てが透き通って空へ？

びょお、と風が吹いた。山に本格的な冬が訪れようとしている。

帰ろう、家に帰ろう。

そして私は杖をつきながら、冷えきった無人の我が家を目指して歩きはじめた。

森の神、夢に還る

ナツコへ

1

あなたに初めてあったとき、あなたは駅で荷物を抱えて汽車を待つ女だった。

あなたは上京する途中だった。駅には乗り換えのためにおりていた。

そして私は——霞《かすみ》が如き存在だった。

私は稲光山《いなびかりやま》のふもとの森の中に棲《す》んでいた。

家はなかった。木の虚《うろ》だったり、地下の穴だったり、適当に薄暗い場所で眠っていた。

森を漂う精気を吸い、満たされ、眠る。無為な時を過ごしていた。

私は降り注ぐ日光が好きではなかった。

枝葉の間から青空を覗《のぞ》くと、真っ白な雲が浮かんでいる。確かめたわけではないのだが、もしも日光にあたり続けたら、蒸発してあの青いところに行くのではないか、と思っていた。そうなるのは怖かった。

日差しの強い夏の昼は森の地下に潜った。

森の地下にはとてつもなく古い巨大な墓が埋まっていた。

森ができる前から墓だったのだろうと思うが、かつては入り口だったのであろう横穴も、とうの昔に土に塞《ふさ》がれていた。

だが、樹木の根の間から石室へと続く亀裂があった。

あまりにも日差しが強い日中、私は石室で休むのだった。

私は動物たちに憑依《ひょうい》することができた。

狸、鹿、猪、熊。

私は時折それらに憑依した。たとえば、小熊が母熊とはぐれてしまったとする。私は、たまたま小熊がどこにいるのか知っていたとする。そんなとき、母熊に入りこみ、そっと小熊の鳴いている場所を教えてやる――憑依は、そんなささやかな使い方しかしなかった。

憑依しているときは日光を恐れずに済んだが、さほど居心地はよくなかった。

私は太陽を恐れたが、月は好きだった。

樹木の上に飛び出ると、皓々《こうこう》と輝く月を眺めた。

森と人間界の境界に線路が敷かれていた。

線路は駅に繋《つな》がっている。

彼方《かなた》から、汽笛の音がして、蒸気機関車がやってくる。

そして駅に機関車が停車する。

私は時折、森から機関車を見に行った。

汽車を眺めるのは、私のいくつかある楽しみの中でも、上位にあるものだった。どことも知れぬ彼方と彼方を繋ぐ、鋼鉄の塊。

ある夏の晩、私はいつものように、蒸気機関車を見に行き、そこにあなたがいた。

ナツコ――あなたは美しかった。

夜の駅に立つあなたの心には炎が灯《とも》っていた。それは希望を持つもの特有の輝きを放っていた。

この素敵な娘はあの素敵な汽車に乗って、どこか素敵な土地を目指し、そこで素敵な新生活を始めるのだ。

私は不意に、自分は、熊や、狐ではなく、また他の誰かでもなく、他ならぬあなたになりたいのだ、と思った。

遠くに汽笛が聞こえる。もうすぐ汽車が到着する。

それまで、森を離れようと思ったことはなかった。

森から離れると、私の力は確実に弱くなるし、また、常に樹木の天蓋《てんがい》のある世界と違い、太陽の光に焼かれてしまう危険もある。

だが、そのときは、何もかもを忘れていた。

単独ならともかく、あなたに憑依していれば、太陽の光は特に問題はないはずだった。

ずっと線路の先にある何かが、私を呼んでいるような気がしていたのだ。

あなたが列車に乗り込むその瞬間、私はあなたに乗り込み、あなたの影となった。

窓の外を夜の景色が流れていく。

床は木張りで、向かい合った紺色の椅子に腰かける。オイルと煙草と蜜柑《みかん》の臭いがした。

これが人間の世界だ。

私は思わず微笑んだ。

2

汽車が到着したのは東京だった。

そこから先のあなたの紆余曲折《うよきょくせつ》は本当に大変だった。もっとも私はどんなときでもわくわくしていた。苦労するのはあなたで、私はあなたという映画を観ている観客のようなところがあった。

私はあなたを操って自分のやりたいことをやってみようとはしなかった。森を離れた私には、あまり強い力を発揮できなかったという理由もあるが、私はあなたの見聞するもので、十分満足していた。

あなたは叔父を頼って上京していた。叔父夫婦の住む武蔵野の一軒家に下宿する手はずだった。そこにはあなたの部屋があるはずだった。

だが、到着すると、話は随分違っていた。あなたの叔父は愛人をつくり、妻とは離婚調停のさなかにあった。家は抵当に出されていた。

そのため、あなたは一人でアパートを探すことになった。

あなたは東京のあちこちに足を運んだ。

朝のラッシュはとんでもなく、駅には乗客を車両に押し込む「押し屋」の学生がいた。

高級な住宅が並んでいたかと思えば、トタン屋根に石を置いたバラックが立ち並んでいたり、明治の建物があったかと思えば、建築中のビルがあったりと混沌《こんとん》とした風情だった。

新宿では、修験道の行者服に、鼬《いたち》の面を被った、〈鼬行者〉なる男が目にとまった。彼は人が行きかう道の脇に台をだして、占いを生業《なりわい》にしているようだった。〈鼬行者の神通力〉の貼り紙がなされ、〈悪霊退散〉〈結婚運、捜し物、手相、開運〉の御札が台に貼られていた。

変な人があちこちにいるな、とあなたは思った。

やがて、手頃な値段のアパートが見つかった。続いて仕事を探した。大きなレストランで、制服もかわいらしかった。『カサブランカ』という銀座のレストランの面接を受けた。料理は洋食が中心だった。

面接は、端正な顔立ちに、銀縁眼鏡をしたホール支配人が行った。

「いつから入れるの？」一通りの質問をした後、ホール支配人がきいた。

あなたは「明日《あした》からでも」といった。

ホール支配人は「では今日は、特別にお客さんとして、食事をしていきなさい、支払いはいいから」といった。

あなたが驚いて頭を下げると、ホール支配人は頷《うなず》いた。

「最初に、お客さんとして店を見たほうがいいんだ。内部からでは見えないこともあるだろうし、何か気がつくことなんかもあるかもしれないし」

あなたはおずおずとハンバーグを頼んだ。明日の職場と思って改めて店を見ると、完《かん》璧《ぺき》な店だった。料理の味、インテリアを含めた店の雰囲気、従業員の接客態度、何もかもが素晴らしく、つまり見方を変えれば厳しい職場なのだということに気がついた。

翌日から女給の仕事がはじまった。

想像した通り厳しい仕事だった。土日、祝日の忙しさといえば、一日中席の全てが埋まり、さらに外で待つ人がでるほどだった。言葉づかい、歩き方、トレイの持ち方、水の出し方、何度もあなたは注意された。だが、一カ月ほどで学んだ。客に質問されれば、メニューに対する蘊蓄《うんちく》をさらりと答えられるまでになった。

あなたは夜にアパートに戻ってくると、スケッチブックに鉛筆で森の絵を描いた。樹木を、その葉を、苔《こけ》むした岩の隙間から湧き出る泉を、積み重なる落ち葉を、丹念に描いた。

あなたは絵の脇にタイトルをつけた。

《森をさまよう幽霊》

タイトルの下に文章をつけ加えた。

『最近、私は森の中を漂う夢を見る。山中をさまよう幽霊の一人になった気分だ』

あなたは絵を描くのに飽きると、布団に寝転がった。

あなたのアパートでは、階下の住民が、毎日のように夫婦喧嘩《げんか》を繰り広げていた。

また描く。

《熊の親子》

『いつも仲良し。私もいつか家族が欲しい』

また別の日には、魚の群れ躍る淵《ふち》を描く。

《秘密の淵》

『川を遡《さかのぼ》ったところにある。一年中誰もこない。その先には深い滝つぼ』

あなたが描くものはいつも、私が森で見てきたものだった。中には、私自身、特に意識していなかったことまで描き出すので驚いた。

《夜の駅》と題されたものは、私がいつも機関車を見に行っていた駅を高い場所から描いたものだった。

『遠くに灯る駅の明りを眺める、森の幽霊。なんだか、そのホームに私がいたりして。東京に来る汽車に乗ったときは、本当にわくわくした』

私はあなたの描く絵が好きだった。それはあなたの目を通した私自身にすら思えた。


私は、最初のうちは、いつまでもあなたの中に居続けるつもりはなかった。もしも都合の悪いことがあれば、他の誰かに乗り移ってもいいと思っていた。

私がそうしなかったのは、都合の悪いことが何もなかったからだ。

私とあなたは相性が良かった。あなたは私を内側に入れたことで、暴れたり、狂ったり、どこかが壊れたりしなかった。あなたが私を内にしたことによる影響は、とりあえず森の夢を見て、その絵を描く、というただそれだけで済んでいた。

私はあなたが毎日行く銭湯を楽しみにしていた。

あなたの読む本を一緒に読み、あなたの観る映画を一緒に観た。


あなたは女給仲間のユリと仲良くなった。ユリはあなたよりも一年先に『カサブランカ』に入った先輩だったが、あなたには古い友人のように接した。ユリとは仕事の帰りに洋服を見に行ったり、食事をしたりした。たいがいは『カサブランカ』でのことが話題になったが、ユリはよく男の話をした。

「男は、背が高くて、ハンサムで、お金持ちがいいわ」ユリはいった。「あと遊びも上手でなきゃ。いろいろ連れていってくれるの。ケチなのは駄目ね。今のボーイフレンドは何もないから厭《いや》になっちゃう」

ある日の午後、ユリはあなたのアパートを訪れた。そして狭い部屋で、二人でおしゃべりをした。

ユリはあなたの描いた森の絵を見ると、しばらく賞賛した後、次のように告白した。

「ナツコさん、絵を描くのが好きだったなんて知らなかった。私は描いたことがないからわからないけど本当に上手ね。どこかで習ったの」

習っていない、とあなたはいった。ユリはふうん、と再び絵を眺めながらいった。

「ねえ、私は小説を書いているのよ」

ほんの少し意外だったが、本が好きだったので、読書の話で盛り上がった。

あなたの描く絵と、私の考えた話で、絵本を作ろう、とユリはいった。

「既に何か書いているの」

「もちろん」ユリはいった。「書き終わったら読んでいただこうかしら?」

「素敵だわ。恋愛もの?」

「そうね、新しいボーイフレンドとのことなんかを書くつもり」

ユリのボーイフレンドはいつも変わる。だが話だけで、あなたが会ったことはなかった。

「恋多き女ねえ」あなたはいった。「ユリさんてば、よりを戻したりとかしないで、どんどん新しい人になるんだもの」

「恋なんてものは脆《もろ》くてすぐ壊れるものだけど、そこがいいのね。私は破壊するのが好きだから。それでね、私は壊れたものには興味がないの。そして壊れないものにも。ナツコさんはどうなの？」

「出会いがないもの。お客さんで素敵な人がいても、まさか声をかけるわけにはねえ？」

「ホール支配人なんてどうかしら」ユリがいった。

ホール支配人は確かに悪くないと思った。厳しく指導されながらも、その裏に優しさのようなものを感じたし、尊敬とも憧《あこが》れともいえぬ気持ちを微《かす》かに抱いていたが、彼が左手の薬指に結婚指輪をしているのを知っていた。

「結婚しているから駄目ね」

ユリは煙草をとりだすと火をつけて、煙を吐いた。

「男ってね、一生懸命、恰好《かっこう》つけているけど、徹底的に挑発すると、最後は爆発しちゃうのよ。本質的に馬鹿なのね。私は壊れるところを見るのが好き」

「そのあたりのことを書いたら」

もちろんよ、とユリはいった。

その後、上京してきて何に驚いたかという話になり、あなたは新宿駅前にいた鼬の面を被った行者のことを話した。

「ああ、鼬《いたち》行者ね。あれは、当たると評判なのよ。なんだか本当に凄《すご》いみたい。ねえ、今からいってみない？　いって私たちが成功するかきいてみましょう。お金は私が払うから、新宿でお酒を飲んで帰ってきましょう」

あなたとユリは連れだって、繁華街の雑踏を歩いた。時刻は夕暮れになっていた。

鼬面の男は座っていた。占いと書かれた小さな提灯《ちょうちん》が、台の前にぶら下がっている。

両手には白い手袋をしている。

「こんばんは」ユリは物怖《ものお》じする様子もなく声をかけた。

「はい、こんばんは」

「ちょっと占いしてもらっていいかしら」

「ええ、もちろん。あなたがたを占うために私はここに座っているのです」

「あなたたちは、職場のお友達ですね」鼬行者がいうと、ユリはあなたを見て、ほらね、当たるでしょ、と微笑んだ。

主に質問するのはユリだった。あなたはユリの後ろでやりとりを聞いていた。占い師に見てもらうということは、信じる、信じないとは別に、それ自体が娯楽なのだな、とあなたは思った。

「私たち、ちょっと組んで芸術をやるのだけど、成功するかしら」

「二人で？」鼬面の占い師がきく。

まだ絵本なのか、漫画なのか、何をどう組むのか決めていなかったが、ここではそんなことは関係なかった。

「そう力をあわせて」

鼬面の占い師は頷《うなず》くと、両手を組みあわせ、祈るように上下に動かした。

「最初は、さほどの成果もなく、あなたたちは何度も自信をなくします。そこが成功するかどうかの分岐点です。そこを乗り越え、続けていけば、次第にあなたたちの作品は品質が上がり、それに伴いあなたたちの名は有名になります。続ければ続けるほど、あなたたちはお互いに高めあい、やがて、どこにもない特別なものを作りだすでしょう。しかし、最後にはあなたたちは別々の道を歩むことになりますが」

「成功するのね」

ユリとあなたは、わっとはしゃいだ。

あなたはふいに、全てが本当になるのでは、と強い予感めいたものを感じた。

占い師が組みあわせた両手を離すと、飴玉《あめだま》とおみくじが出てきた。ユリが受け取りおみくじを開くと中吉だった。

「どうしてお面を被っているのですか」

あなたがきくと、鼬面の男は、それが私だからです、と答えた。

それから、あなたはユリの作品が出来上がるのを楽しみに待つようになった。

一週間後、ホールで一緒になったときに「原稿の調子はどうなの」とこっそりきいた。

ユリはにこりと笑った。

「みんなには秘密だから、その話はここではしないことよ。原稿はもうすぐ完成するわ。きっと傑作よ」

3

ユリの無断欠勤が二日続いたので、あなたはホール支配人に命じられ、ユリのアパートへ様子を見に行くことになった。

あなたは古い木造二階建てのアパートの前に立つと、呼び鈴を押した。実のところ彼女の住まいを訪れるのは初めてだった。あなたが住んでいるアパートよりも少し上等な感じがした。

部屋の中に気配はなかった。何度も呼び鈴を押したが誰もでない。だが、ドアの外のシンク脇の窓から、室内に電気がついていることがわかった。昼間なのに電気は点《つ》けっぱなしのようだった。

あなたは不安になった。ユリはこれまで無断欠勤をしたことがなく、休む時には必ず連絡をいれていた。そもそも出かけるときに電気を消さないのだろうか？

ガス漏れで中毒……起き上がれないほどに衰弱……可能性はなくもない。

あなたはしばらく考えてから、廊下を歩いてきた青年に大家の部屋番号をきいた。

大家は五十代の女で、あなたと一緒にユリの部屋を開けた。あなたは饐《す》えた空気に顔をしかめた。部屋にはショウジョウバエがたくさんいた。

ユリはベッドの上で目を瞑《つぶ》って死んでいた。

大家は、唸《うな》り声をあげ、警察に電話をした。

後に死因は、睡眠薬の飲み過ぎと判明した。

ベッドの脇には睡眠薬の薬瓶があった。自殺なのかもしれないし、死ぬつもりはなかったのかもしれない。そのあたりはよくわからなかった。ただ、なんともいえないメモのようなものがあった。

次のように書かれていた。

『利用されて、利用して、利用されて、利用して、からっカスになって、ゴミ箱に捨てられて、昔はよかったねっていいながら、焼却場にはこばれ』

はこばれ、で文面が終わっているのは、そこで眠ってしまったのだろう。

警察がくるのを待つ間、あなたは散らかった部屋を観察した。化粧品、洋服、絵、そしてあちこちにカンバスがあった。多くは水彩の人物画だった。絵筆やパレットもあったから、彼女が描いていたのだろう。

あなたのそれよりずっと本格的だった。そしてもちろんあなたはユリの口から、「実はは私も絵を描いている」というようなことは一言もきいていなかった。

そのうちの一枚は明らかにあなただった。背景は真っ黒に塗られ、絵の中のあなたは〈妙に含みのある厭《いや》な笑い〉を浮かべていた。さらに、ナイフか何かでカンバスを突き刺した痕《あと》があった。

見れば人物画のほとんどはみな醜い顔をしており、他のいくつかにも傷があった。そして一通りみたところでは、部屋には原稿用紙や、それらしきものは一つもなかった。もうすぐ完成する傑作など存在していなかった。

あなたは一週間店を休んだ。翌週、ホールにでると、女給の一人がロッカールームで、ユリの死は、ホール支配人との不倫と何か関係があるのかときいてきた。

あなたは、ユリは不倫などしていない。なんの証拠があってそんなことをいうのか、ときいた。その女給は驚いたように「知らなかったの？」といった。

「たぶんこのお店で、ユリちゃんと支配人のこと知らなかったのはあなただけよ。まあ、あなたが雇われる前のことだけど、ユリちゃん、あなたにはいわなかったのね。だってね、腕を組んで、一緒に歩いているのを見たことがある人が何人もいるし、ユリちゃん自分でいってたし」

ホール支配人は、その日も何食わぬ顔で仕事をしていた。怒りが湧いたが、他人の色恋沙汰《ざた》について、自分が怒ることが正しいのかどうかわからなかった。

あなたはその日、もう今日限りで店を辞める旨を、ホール支配人に告げた。

あなたは思った。

——この人は私が辞めるといえば困るだろう。仕事を覚えた私がいないと今のホールは混乱する。入ってきたアルバイトはすぐに厳しさに耐えられずやめていくという状態が続いているし、ベテランのユリも欠けてしまったから。さあ、どうする？

だがホール支配人は、止めなかった。哀しげな顔をして「わかりました。今までありがとうございました」といっただけだった。


仕事を辞めるとあなたは一人ぼっちになった。

そして悪いことに、それからほどなくしてあなたの母が死んだ。

あなたは汽車に乗り、実家のある静岡に戻ると、母の葬儀に参列した。葬儀はあなたの兄がとりしきっていた。

東京に戻ってきたあなたは疲れ切っていた。

睡眠薬を飲みすぎたユリの気持ちがよくわかった。百日間ほど寝てしまいたいと思った。

ひんやりと静まりかえった秋の晩。あなたは真夜中に目を覚ました。そして外に出ると、公園を散歩した。公園を抜けると繁華街のほうに向かった。

肌寒かった。あなたはもう少し暖かい服を着てでるのだったと後悔した。

駅前にはあの魎面の占い師がいた。

あなたは、魎行者を凝視した。

魎行者の前には、中年男性と水商売風の女がいて、何かを占ってもらっていた。女は中年男性の腰に手をまわし、中年男性と魎行者が何かいうたびに笑っていた。

二人が去ると、あなたは何となしに魎行者の前に立った。

「占いですか」

魎行者がきく。

あなたはすぐには答えなかった。ユリとここにきたときは楽しかったな、とほんの一瞬思った。占いをするつもりはなかったが、では何故自分はここに立っているのだろう？

顔を落すと、魎行者《いたち》は今回手袋をしておらず、左手の甲に古傷があるのが見えた。刃物で抉《えぐ》られたような傷だ。あなたはぼんやりその傷を眺めた。

「私はその」

〈妙に含みのある厭な笑い〉を浮かべた自分の顔が脳裏をよぎった。

「ふうむ。お悩みのことが、おありの様子。当ててみせましょう。縁談。ふむ、結婚のことですな。最近お見合いをなされた」

あなたは首を横に振った。

——神通力なんて嘘だ。この人の仕事は、適当なことをいって、話を引き出し、相手が喜ぶようなことをいってあげるというものなんだ。私が前にユリと一緒にいた客だということもおぼえていない。

そもそも前回見てもらった、二人の将来の成功だって、見事に外れている。

あなたは、足早にその場を去ろうとした。

だが、なぜかあなたの足は動かなかった。

何か視えない力が働いているようだった。

あなたは艶行者をまじまじと見つめる。艶の面は貴方《あなた》の顔に向けられている。

ぞくり、とあなたは寒気をおぼえた。

「やめて」

あなたが声を発すると同時に、あなたの足に力が戻り、あなたは路上に尻《しり》もちをついた。

「おや」

艶行者が低い声でいうと腰をあげた。

あなたは慌てて体勢を立て直すと、その場を走り去った。

あなたは布団に倒れこんだ。

あなたは高熱をだしていた。気力が弱っているときに薄着で繁華街にでたからだ。

あなたは布団を被ると泣いた。

ユリの描いた醜い顔を、あなたは自分の本質なのだと思いこんだ。母を失い、友もおらず、仕事もなかった。自分が存在していても喜んでくれる人間はおらず、そして自分が死んでも哀しむ人間はいないような気がした。

本来ならばただの風邪なのかもしれないが、あなたは食事をする気力もなく、病院にいくつもりもなく、衰弱死しかねなかった。

私はなんとかあなたを励ましたかった。

私は、あなたに自分の存在を知らせようと思ったことはない。もとよりそんな欲求はなかったし、そんなことをすれば、あなたは錯乱するだろうと思った。

だが、その夜は特別だった。がんばれ、と私はいった。私の励ましを感じたのだろう。

あなたは不意に部屋でノートを開き、こう書きつけた。

『あなたは誰？』

私は、はっとした。

これは、私に問いかけているのだ。

あなたは続けて書いた。

『いつもなんだか変だと思っていた。初めて見る町の風景が、どこか前に見たような気がすることがあったり、見知らぬ森のことを鮮明に知っていたり。私の心には森が広がっている。そこにあなたがいるの？』

あなたは寝転がると、天井を眺めた。

カチリ、カチリ、と目覚まし時計の秒針の音が妙に大きく聞こえていた。

あなたはじっと待っている。

私はあなたに憑依《ひょうい》して、人間の社会で生活しているうちに、いつしか、かつての自分の名を思いだしていた。

私はおずおずといった。

——私は、大震災のときの、孤児なのよ。

あなたは天井の木目を見つめながら、うん、といった。

——うん、それで？

4

私の名はサクラ。

シバは三十歳。テツは二十二歳。私は十七歳。

私たちは家族ではなかったが、家族のようにしていた。

私は四歳のときに震災で家族を失い、紆余曲折《うよきょくせつ》あって、彼らと一緒に同じ長屋に暮らしていた。シバはキリスト教徒で、いつも十字架を胸にぶら下げていた。もっともシバはキリスト教だけではなく、いろんな宗教を信じていた。般若心経を唱えることもできた。

テツはシバの子分だった。二人は悪党で、誰かを殴ったり、ものを盗んだり、騙《だま》したりして暮らしていた。時にはまともな仕事もしたが、賭場《とば》の借金の取り立て屋や、ヤクザ組織の使いっ走りのようなものだった。

外の世界ではまっとうな人間でなかったシバだが、私には優しかった。暴力を振るわれたことは一度もない。いつも私を励ましてくれて、惜しみなくものを分け与えてくれた。テツにも、私の面倒をよく見るようにいいきかせていた。

今にして思えば、シバは孤児の私にやさしくすることで、罪悪感のバランスのようなものをとっていたのだと思う。

テツは私と同じ東京の出身で、酒乱の父親を早くに亡くし、十歳のときに山王祭りのテキ屋がらみでシバと知り合ったのだという。

テツは屋台の裏にあった売り物の飲み物を盗もうとし、そこをシバに捕まったのだ。それ以来、一緒にいる。

シバの出身はきいてもよくわからなかった。

「俺の遠い祖先は、中国から渡ってきて、山中を移動しながら、あちこちの藩の汚れ仕事を引きうけてきた鬼の一族なんだ。なんでも、中世には武田《たけだ》信玄《しんげん》の隠し財宝を守る密命を受けていたらしくてな」

なんとも胡散臭《うさんくさ》い話だ。

シバはホラ吹きだった。今まで聞いたシバのホラ話をほんの一部分並べるとこんな感じだ。

「金魚は成長すると鯉になるんだぜ」

「関東大震災は、平将門《たいらのまさかど》の呪いだってことが、帝大で実証されたそうだ」

「あれ、おまえ、亀の甲羅ってつけかえ可能って知らなかったの？」

「キリストは、本当は十字架には架けられなかったんだってよ。普通に年をとってサンタクロースになったんだ」

こういうことを真顔でいう男なのだ。私は何度騙されたかわからない。

シバは鎌鼬《かまいたち》の山の話をよく私にした。

「鎌鼬って？」

「風が吹いてな、あっと思ったら体が斬れて血が流れている。昔っから、その山に入るとそれにあって失血して死んだとか、指を失っただのいう人はたくさんいた」

「入らなければいいのに」

「基本的には誰も入山しないね。その山なんだが、秘密の泉があるんだ。俺の爺《じい》さんの幼馴染《おさななじみ》は、とんだ阿呆《あほう》者だったが、ある日、山にわけいって泉の水を飲んで戻ってきたら、今は帝大でて、大先生よ。その山からでてきた狸を見たことがあるが、でかいでかい、普通の狸の三倍もあってな。ありゃあ、そこの泉の精気を吸ったからあんなになったんだろうね」

「どこの山？」

「いえないねえ。そこがどの山か俺は知っているが、先祖代々の掟《おきて》でな、絶対に口外してはならぬことになっているからな。おまえたちの口から広まって、みんながその山に押しかけて荒すようなことになったら取り返しがつかねえだろう」

ホラ話特有の、ぶれがあった。あるときは、「政界のトップや皇族はみなその山のことは秘密で知っていて、明治維新のときや、日露戦争の折など、国に大事があるときには、お忍びで訪れているのだ」といっていたのに、別のときには「祟《たた》りのある山で、誰も入らんし、入れば切り刻まれて死ぬだけだ」といったりしていた。

夏のある日、私は両国の川開きで焼きそば屋の仕事をした。花火の見物客は凄《すご》い人出だった。その仕事の疲れで、翌日は長屋で昼まで寝ていた。

テツが私のところに来ていった。

「おう、サクラ。寝てるのか。シバさんが、俺たちを温泉旅行に連れていってくれるってよ」

唐突な話だった。温泉旅行になど行ったことがなかったため、それがどんなものかわからなかった。

「いつ？」

私は半身を起こした。

「今すぐ。用意しろ。用意」

有無をいわさぬ感じがあった。シバは途中の駅から合流するとのことで、テツと私は荷物をまとめて長屋をでた。

ふと私は不安になっていった。

「また戻ってくるよね？」

「もちろんさ」テツはどこか冷たい表情でいった。「数日のあいだ、楽しいぞ」

もちろん怪しいものを感じたが、特に何もいわなかった。

しばらく客車に揺られ、山に入ったところの駅で降りるとシバが待っていた。

「きたきた、お待たせ。さあ、いこう」

そこからはバスに乗った。山中の温泉宿の前でバスは止まった。

とても大きな素敵な宿だった。お金持ちの人が泊まるところだと思った。

客間は塵《ちり》一つ落ちていない御座敷で、窓からは近くの山脈が見えた。風呂《ふろ》は大きな露《ろ》天風呂《てんぶろ》だった。

夕食時になると膳《ぜん》が運ばれてきて、山菜や、御刺身を食べた。

シバは酔っぱらうと、赤ら顔で、何事かテツに話していた。

「だからね、どっかで立て直しをはからんといけんわけよ。このまま沈んでしまうわけにはいかないからな」

「それはそうですけど、なんで今、山登りに」テツが首を捻《ひね》っている。

「山登りじゃないんだ」シバは繰り返した。「まあ似たようなものだけど」

話を聞いているうち、シバがただ温泉旅行に来たわけではないとわかった。

「ねえ、二人は何の話をしているの？」

私がきくと、シバは笑みを見せていった。

「ほら、いつも話していた山があったろう。鎌鼬の山。そこに行こうかって」

みなが風呂に行った隙をついて、私は部屋に戻ると、シバの鞄《かばん》を調べた。

鞄には、ヒロポンが入っていた。当時ヒロポンは禁止されておらず、薬局で普通に手に入るものだった。中毒だったシバの左腕の静脈には注射の痕《あと》がたくさんあった。巾着《きんちゃく》があったので開くと、ビニール袋に包まれた札束がたくさん入っていた。

私の感覚からすればありえない金額のお金だった。今の仕事なら、どれだけ働いても手にできない――家が建つとか、そういう額だ。

私はシバがいないところで、テツに何が起こっているのかきいた。

テツは最初渋っていたが、私がしつこくきくと、「まあ、一緒にいるのに隠すのも無理があるな。知らなかったというのも、あとで間違いが起こりかねない」と呟《つぶや》き、説明した。

シバは、組の金を持って逃げた。そのために一人殺している。東京に戻ればまず殺される。シバはその金で、よその土地でなんとかカタギになるつもりだ。自分たちを連れてきたのは、もしも東京に置いていけば、居場所を捜しにきた組の人間に何をされるかわからないから――腹いせに殺されかねないからだ。

「捕まったら、殺されるの」

「そうだよ」テツは冷たい声でいった。「うまくやらないと」

「私も？」

「殺されなくとも、手は出される」テツはいった。「吉原あたりに売られるだろうな」

知らない、関係ない、は通用しない。

「この宿も偽名で泊まっている。女将《おかみ》や仲居がいるところで、互いの名前を呼ばないほうがいい。ただシバさんはその金を元手にやり直すつもりなんだ」

「鎌鼬の山って何よ」

ううん、とテツは首を捻った。

「どうしてもそこに行きたいんだと。稲光山というところなんだけど、なんだかんだいって普通に登山道もあるらしい。そんな暢気《のんき》でいいのかねえ、と思うけどさ」

テツは少し困ったようにいった。

シバの話はどこまでホラなのかよくわからないため、私たちには、彼が何を考えているのかうまく摑《つか》めなかった。

シバ本人に、山の話を問いただした。シバは座椅子にもたれて煙草を吸いながらいった。

「ああ、テツからきいたの？　まあ、しょうがねえな。そこにある泉にね、いこうと思ってるのさ」

彼は子供の頃の話をした。

幼い頃、シバは微熱が続き、咳《せき》がとまらなくなった。たぶん死ぬのだろうと思ったとき、彼の父親は、稲光山の秘密の泉から汲《く》んだという水を、彼に飲ませた。山の精気を凝縮させたような水でみるみるうちに病状が回復した。

シバは、今内臓に痛みを抱えているという。そして時折言動が不明瞭《めいりょう》になるし、ヒロポンの中毒も深刻になってきている。これから、全てをやり直すのなら、その泉の水を飲みたいというのが彼の願いなのだった。

「行ったことはないが、場所なんかは、昔親から聞いて知っている。俺らの一族では、稲光山の霊験のことは親が子供に教える以外には口外してはならん決まりなんだ。まあ、俺は今、その禁を破っちまったことになるが、お前たちは俺の家族みたいなものだから大丈夫だろう。地図も持ってきているし。たぶん数時間もあれば、戻ってこられるだろう」

そして私たちは二日後に、早朝にバスで登山口までいき、稲光山に入った。

お金の入った鞄は旅館に預けた。登山にもっていくには重すぎる。

最初は登山道を進んだ。だが、シバは石仏を見つけると「山頂にはいかないで、ここで曲がるんだよ。ふもとの森のほうにあるわけさ」と、細い道を折れ、進んでいった。

やがて鎖が張られている崖《がけ》に突き当たった。シバはぶつぶついいながら登り、私たちは後に続いた。

——彼は普通の人が知らぬような道を知っている。ホラ吹きだけれど、今度ばかりは本当なのかもしれない。

と、期待が高まったのも束の間、やはりというか案の定というか、私たち三人は道に迷った。

シバがこのあたりかもしれないという場所には、何もなかった。引き返そう、という話になり、戻ったつもりが、いつのまにか私たちは谷川に沿って進む道を延々と歩いていた。

日が傾きはじめる。

「シバさん、今日中に戻るのはもう無理だ。野宿をしましょう」

テツがいった。

野宿ができそうな場所を探すだけでも大変だった。

私たちはようやく谷川沿いの開けた場所を見つけると、そこに腰を下ろした。

もともと野宿を計画していたわけでもなかったため、装備もなかった。私たちにできることは、焚火《たきび》をすることだけだった。暗くなるまでひたすらに薪《まき》を集めた。なんとか火を起こすと、私たちは焚火を囲んだ。

「こりゃ、今日は眠れんな」

「朝まで喋《しゃべ》っていましょう」テツがいった。

「ちゃんと計画してよ」私はいった。

「巻き込んでしまって、すまなかったな。なんか割にあわんことになっちまった」

シバは意気消沈していた。

「ところでシバさん。本当に、その泉のためだけにここに入ったんですか？」

テツが小枝を火に放り込みながらきいた。

「本当に泉のためだけって？」

「何か山に隠してあるとか。ほら、祖先が武田信玄の財宝を守る任務を、とかいっていたじゃないですか」

「いや、何想像してんのおまえ。泉のためだけだよ。そんな財宝あったら、とっくに使ってら。まあ、実はあまりたいしたことは考えてなくてな。神社に参拝するみたいな感じで、水を飲んで、心機一転、再出発の願をかけてからいこうって考えたんだ。まあ、俺はいろんな神様を信じているが、そのなかで一番信じている——というか、自分の根にあるのがこの山だったからさ。九歳ぐらいまでこのふもとの村で育ったし、この山のとんでもない話を日々吹き込まれていたからな。鎌鼬《かまいたち》だのなんだのってのは本当だよ。明治の頃には、斬られて死んだ人の記事が新聞にでたことあるんだから」

「今はその話、やめて」

「大昔に、雷獣が降ってきたんだと。で、その雷獣は、ここいら一帯の山域を飛び回って、伝説を残したんだ。鎌鼬もきっとその関連の話だし、稲光山を越えたあたりでは、雷獣の棲《す》む穴があって、そこに入ると入った者は影も形もなくなって、天国に行くとか。雷獣が女に化けて里にやってきて、里人を全員消してしまったとか」

「やめてってば」


早朝、私は身を横にしてまどろんでいた。

夏だったが、さすがに夜は冷え込んだので、えんえんと火を焚《た》き続けた。そのせいで、服は燻製《くんせい》のような臭いが染み付いてしまっていた。

パンっと少し離れたところで何かが破裂する音を聞いた。

私は、はっとして、目を開いた。

あたりはもう白んでいる。

ざくざくと足音が近づいてくる。そっと身を起こすと、硝煙の臭いをまとわりつかせたテツがいた。

シバはいなかった。

「シバさんは」

私はきいた。

テツは冷めた目で黙って私を見下ろしていた。

もちろん——何が起こったか私は瞬時に理解していた。今の音は銃声だ。そしてここには三人しかいない。

いうまでもなくシバはこの先の足手まといなのだ。組が追っていて、ヒロポン中毒で、妄想混じりの与太話に固執して、気まぐれに妙な山に入り、みなを遭難させてしまうような男なのだ。そして、シバがいなくなれば家が建つほどのお金を一人占めできるのだ。

だが、家族同様にシバに面倒をみてもらってきたテツに、シバがおそらく最後まで信頼していたであろうテツに、それが出来るとは、この瞬間まで思っていなかった。

テツはゆっくりといった。

「シバさんは、先に行くそうだ」

「えっ」私は消え入りそうな声でいった。

動悸《どうき》が激しくなっていくのをテツに悟られたくなかった。

「そ、そうなの？ どうしよう」

「泉は、一人で探すから、もうサクラを連れて山を下りるように、といわれた。一人で行くのはどうかと止めたんだが、もういいだしたら聞かないんだ。仕方がない」

私はシバが寝ていた場所に置きっぱなしになっている彼の鞄《かばん》に目を向けた。

もちろん、そんな不自然なことはありえない。先に行くなら、私に挨拶《あいさつ》をしてから、自分の荷物を持って出発するはずだ。

「なあ？　シバさんがいってるのだから、いうとおりにしよう」

テツの表情は強張《こわば》っていた。その顔はこういっていた。

サクラ。もちろんおまえは銃声を聞いている。その通り、おまえが今想像している通りのことをしたよ。だが、これまでシバの与太話を純粋無垢《むく》に信じてきただろう？　今度は、俺の与太話も純粋無垢に信じてくれよ。ふりでもいいんだ。そうすれば丸く収まるし、そうしてくれないと、とても厄介なことになるよ。

「わかった」

私はいった。そういうしかなかった。


やがて私とテツは、藪《やぶ》こぎの末、登山道らしき道にでた。踏み固められた確かな道で、方向はわからなかったが、生還の望みはずっと高くなった。

私はテツとほとんど口をきかなかった。血を流したシバの映像がずっと脳裏にちらついていた。テツは一度「どこかで一緒に暮らそう」といったが、私は「まずシバさんが戻ってくるのを宿で待たなくちゃね」と返した。

少しすると、テツは誰にともなくぶつぶつと呟《つぶや》いた。

「だから無理なんだって。あんた以外の人間には無理じゃなかったとしても、あんたには無理なんだって。普通は穴に一度落ちたらもう落ちないようにって学ぶけど、あんたは目の前に穴が十個あったら、そこに順番に落ちていく男なんだからさ」

私は彼を引き離し、ずんずん進んだ。シバは愚かではない。ちょっといろいろ間違えただけだ。それに、私は冷酷な賢さより、優しい愚かさのほうが好きだ。

テツが怖かった。

魔が差したのだろうか？　最初から機会を窺《うかが》っていたのだろうか？

樹林帯を抜けると、森を見渡す高台にでた。

そこから森の外れにある駅舎が見えた。森の中に線路が伸びている。ああ、ようやくあそこで人間の住む領域になる。

私は深く安堵《あんど》した。

汽笛が聞こえる。

森の向こうから汽車がやってくる。

私は高台から汽車を凝視した。

あれに乗って帰ろう。帰る場所がないというなら、あれに乗ってどこか遠い土地にいこう。だがその前に旅館に戻るべきか？　いや、もうテツとはすぐにでも別れたほうがいい。

肩に手が置かれた。

私は振り払おうとしたが、疲れていて力が入らなかった。

「私、一人で、遠いところにいくから」

汽車に乗って。だからもう、後は放っておいてほしい。

テツは片手で私の肩を摑《つか》み、もう片方の手で金属の塊を私の後頭部に押し付けた。

「やめて」私はいった。

テツの声が聞こえてくる。

「もちろん遠いところへ行こう。目を瞑《つぶ》り、人生で一番楽しかったことを思い浮かべて」

なんのために？　あなたの罪悪感のために？　遠いところってそっちじゃないから。

人生を棒にふらない秘訣《ひけつ》は、要所で非情に徹することだという信条を、彼が持っているのを私は思いだした。私が警察に駆け込めば全て終わりになるのだから、ここで殺しておいたほうがいいに決まっている。

「殺さないで」

私は生きたかった。

もっと人生を知りたかった。

5

私は後頭部に当てられた銃口から逃れようと、体を捻《ひね》った。

その瞬間、破裂音が耳元でした。思わず目を瞑った。鼓膜が破けたのではないかと思った。おかげでしばらく音は聞こえなかった。

どうも弾は外れたようだ。

私が暴れると、肩を摑んでいた手は外れた。

片手で拳銃《けんじゅう》を握っていたテツは、私が体を捻ったのと、発砲の時の反動とで、バランスを崩していた。

私は彼を押した。転んだ彼を飛び越え、あたふたとその場を逃げた。細い獣道に飛び込んだ。

無我夢中だった。

テツが追ってくる。背中に追跡者の気配を感じる。

草をかき分ける。斜面を滑り降りる。跳ねかえってきた枝で、体が傷だらけになる。

やがて目の前は、大人一人が腰をかがめて潜れるような緑のトンネルとなった。よもや正式の道であるはずがない。

「助けて」

身を低くして走りながら私は叫んだ。妙に足が軽くなった。夢の中にいるように、自分の体重がどんどんなくなっていく。自分の体が、二本の足が、頼りのないものになっていく。

ぽん、と開けた場所に抜け出た。

泉が湧き出ていた。あちこちから木漏れ日が差し込んでいた。

そこは高い木々に囲まれた、妙に平穏な印象の空間だった。

泉の先の野原にそれはいた。

それは一瞬、毛の生えた大蛇に見えた。よく見ると鼬《いたち》の姿をしていた。大きさは、全長でいえば熊の数倍はある。金色の毛がそよ風になびいている。

鯨サイズのお化け鼬だ。だが、鼬のように見えるというだけで、本当に鼬なのかよくわからない。

巨獣の目は緑色だった。疎ましそうに私を見ていた。

俺の縄張りだぞ、といっているようだった。

私は荒い息をついた。身動きができなかった。

こんな生き物がいるはずがないのだ。だがいるはずがないのなら、目の前にいるこれは何だろう？　看板？　張りぼて？　いや、生きている。

ここがシバのいっていた泉か、とも思ったが、それもわかることではなかった。直感でいえば違う。ここは何かもっと別の〈人間が入ってはいけない妙な場所〉の類だ。

テツが追いついて、飛びだしてきた。

テツも同じく私の隣に立つと、呆然《ぼうぜん》と金色の巨獣を見あげた。

彼はちらりと私に視線を向けた。顔は紅潮して、汗の粒が無数に浮いていた。手には拳銃が握られている。

「なんじゃこりゃ」

テツが呟くと、その声に反応したのか鼬の化け物はぬっと首をあげた。

テツは拳銃を向けると、発砲した。

鼬の化け物の顔が歪《ゆが》んだ。そして、次の瞬間、猛烈な突風が巻き起こった。

あ、イタっ。

私は何か熱いものを感じた。

鼬の化け物は視界から消えていた。あるのは木漏れ日に輝く泉の光と、その向こうにある野原だけだった。

呻《うめ》き声がしたので目を向けると、テツが血塗れで倒れていた。左腕にざっくりと切り傷があり、血が流れていた。顔も裂けているようで、押さえた手の間からぼたぼたと血が流れている。

私は？

私の体はどうなったのだろう。私は自分の体を触ろうとしたが、触れなかった。私の手は、手首から先がなかった。真っ赤な断面と肉と骨、そして血が噴き出していた。ぐらりと体が倒れた。そこで意識が途切れた。

これが私の記憶だ。私は死んだのだ。しばらくして目を覚ますと、森をさまようものになっていた。

私は以後、二度とあの巨大な鼬には出会わなかった。また、自分が倒れているはずの不思議な泉にも辿《たど》り着けなかった。

私はただ一人でさ迷った。テツがどうなったのかも、シバの遺体がどうなったのかもわからなかった。

6

あなたはかつて私が体験したことを、夢の中で同じように体験した。

夢の中で、私とあなたは、懐かしい稲光山のふもとの森で、切り株に腰かけて話していた。

——つまらない話でしょう。

私がいうと、あなたは首を横に振った。

——もっと早く話せばいいのに。それであなたはどうして私に。

——駅であなたを見たの。あなたは、ちょうど私が死んだときと同じぐらいの歳の娘に見えた。あなたの希望の炎がとても眩《まばゆ》くて。

あなたは目を覚ますと、水を飲み、また眠った。

私はあなたの心の深層にもぐりこみ、あの暗い意地悪な絵のイメージをゆっくりと消していった。ユリは絵に関しては一種の天才だったのかもしれない。あの絵のイメージは確かに描かれた人の魂を弱らす呪いのような力を持っていた。目を覚ましたあなたは、あの絵に対して特に何も感じなくなっていたはずだ。居候のせめてもの恩返しだと思ってほしい。

あなたの心臓の鼓動は力を強め、あなたの体から病魔は抜け出ていった。

あなたは体調が回復すると、久方ぶりに絵を描いた。私は回復したあなたには、もう語りかけなかった。

あなたは、繁華街の占い師のところに向かった。

「占いですか」

占い師がきいた。あなたは黙って椅子に座った。人通りはほとんどなかった。

「この絵を見て、どう思いますか」

あなたはスケッチブックから切り取った一枚の絵を差し出した。

描いたばかりのものだ。

絵は銃を持った男と、森と、巨大な鼬と、女が描かれている。女はあのとき私が着ていた服を着ていた。

占い師は黙ってじっと絵を眺め、それからあなたの顔に視線を向け、また絵に目を戻した。

「占い以外のことは、ちょっと」

声が震えていた。

あなたはすっと鼬行者に手を伸ばすと、その面を上にずらした。頬と鼻筋から額にかけて大きな傷のある老人の顔が現れた。毛髪は白髪が少しあるばかりでほとんど残っていない。

「やっぱり」

私は二度目のときに、彼の腕の傷を見たのだ。鼬の面というのも引っかかった。あなたに迷惑をかけたくなかったし、予感した通りだとしても、特に関わろうとも思っていなかった。

でも、あなたは二度目に鼬行者の前で足が動かなくなってしまったのは、行者の術などではなく、私の動揺のせいだったのだと、気がついてしまった。

「テツ？」

あなたはいった。私は黙ってあなたと一緒に目の前の老人の顔を見ていた。

ずいぶん変わったなあ、と私は思った。

男の目が見開かれた。やがて男は静かにいった。

「うーん。誰ですか？　何をいっているのかわかりませんが」男は顔の傷を撫《な》でた。

「この傷は、先の戦争でついたものです。南方で従軍していまして」

私は溜息《ためいき》をついた。

そうですか。

「そうですか」あなたはいった。「私に何かを感じますか？」

男は首を捻《ひね》り、あなたをしげしげと見ると、声を震わせながらいった。

「悪霊だ。あなたは悪霊につかれている」

「その悪霊を祓《はら》えるのですか？」

あなたは占いの台に貼られた、悪霊退散、の御札に顎《あご》をしゃくった。

悪霊じゃなくてサクラ。

「サクラ。私の友達ですが」あなたはいった。

しばらく間があった。

男の顔を見ていると、あなたの中で、さっと感情が炎のように燃えあがった。

「あなたは、私の友達を殺したんだ。若い娘の人生を奪ったんだ。何が鼬行者だ。ふざけるな」

不意に、男の目の焦点が合わなくなった。

男は唐突に立ち上がると、「悪霊退散」と叫んだ。あなたは男の白装束の股間《こかん》の部分が黒くなっていることに気がついた。男の足元には水たまりができている。失禁したのだ。

「立ち去れっ！　立ち去れっ！　御鼬《おんいたち》大明神の怒りに触れるぞっ！」

好奇心にかられた通行人が、男とあなたを見た。たいがいは眉《まゆ》をひそめて通りすぎていったが、中には奇行を見物してやろうと足を止めるものもいた。

男は血走った目で、悪霊退散、悪霊退散、と叫び続けた。

あなたは立ち尽くした。男の狂気は、保身の演技なのか、本物のものなのかわからなかったが、もう会話をすることは不可能だった。

あなたは男をそのままにして、その場を離れ、家に帰った。

この先は、あなたの知らないことになる。手紙にて記しておきたい。

私はあなたから離れて、老いたテツに憑依《ひょうい》した。あなたから離れるのは初めてのことだ。

そしてこれがあなたとのお別れとなった。

お世話になったけれど、お別れをいう暇などなかった。

テツはあなたがいなくなった後、しばらく立ち竦《すく》んでいたが、股間の濡《ぬ》れた行者服のまま自分が暮らすアパートに歩いて帰った。

私が彼の記憶を探って知ったことはこういうものだ。

彼は、あの鎌鼬《かまいたち》にやられた後、やがて血塗れでなんとか立ち上がり周囲を見回した。

まず私が――サクラが死んでいた。彼の記憶の映像によると、サクラは左手が手首から落ち、腹もまた裂けていた。

もとから山中で殺すつもりだったのだ。多少想定外のこともあったが、この件に関しては予定通りになったといえる。

若きテツはサクラの死体をそのままにして森を出た。まだあの妖怪《ようかい》が近くにいるなら今度こそ殺される。

酷い傷だったので、シャツを破って巻いて止血した。

旅館に戻ると、出てきた女将《おかみ》は血塗れのテツを見て絶句した。救急車を呼ぶといいはじめたが、テツは口止め料だと金を渡すと、現金の入った鞄《かばん》を持って飛び出し、汽車に乗った。

途中で買った包帯でぐるぐる巻きにした顔は目立ったが、仕方がなかった。本当ならば、スコップを持って死体や、成り行き上、焚火《たきび》のところに残してきてしまったシバの荷物を処分したりとすべきことはあったが、恐ろしくてあの山には近づけなかった。

テツは、汽車で大阪に移動すると、安宿に引きこもった。

五日後、シバの死体は発見された。新聞では、銃創のある男性死体と報道され、現場にあった持ち物から名前も割れていた。

テツは考えた。

警察がどこまで知っているかわからないが、もし捜査が正しく進行していれば、「シバは若い男と女の三人で旅館に泊まり、そのうちの一人、男のほうは旅館に血塗れになって慌ただしく戻ってきた」という事実を摑《つか》むはずだ。偽名での宿泊も、口止め料も、いざ警察が聞き込みにきたとなればあまり意味を為さないだろう。警察は、シバの交友関係を調べるだろうし、戻ってきた血塗れの男が自分だということも判明するのではないか。

サクラの死体が発見されないのが不思議だったが、あそこは人が踏み込むようなところではないのだろう。

指名手配をされたとしても、金さえあればなんとかなる、とテツは思った。時効は十五年だった。

だが数カ月のうちに、なんともならないことを思い知った。金があればひとまず逃げることはできる。でもそれだけだ。怪しい元裏稼業の指名手配犯は、人生を賭《と》して得た金を、少しずつ減らしていくことしかできない。

テツは巨大鼬の幻に怯《おび》えた。

強風が高い音をたてるのを聞いただけで、身を縮めるようになり、バラバラに切り刻まれて死ぬ夢に毎晩うなされるようになった。

テツは宗教書を読み漁《あさ》るようになった。やがて、〈自分が遭遇したのは神〉〈神の傷を受けて生き残ったのは神の御意志〉という結論に至った。

救われるためには〈今後の人生を、鼬の神の怒りに触れぬようにすればよい〉と考え、そのためには〈日々の行為を鼬の神に奉仕すればよい〉と答えをだした。

鼬神を日々、拝むうちに、鼬神はテツの心中でどんどん崇高で、巨大なものになっていった。

鞄の金が半分に減った頃には、第二次世界大戦が始まっていた。

住所不定で、身寄りのないテツに赤紙はこない。

テツは戦時下の日本を、ひっそりと逃げ続けた。顔の傷は、戦争でついたといえば誰も疑わなかったし、偶然、東京での知り合いにあっても、傷のおかげで正体がばれなかった。

大空襲の東京にテツはいた。

B29が焼夷弾《しょういだん》を落していく。

テツは、小高い丘で、柳の木にもたれかかりながら立っていた。そこから燃える町を見下ろせるのだ。

炎に包まれた町ではあの巨大鼬がさらに体を大きくして暴れ回っていた。

巨大鼬の体は炎でできていた。

巨大鼬がさっとじぐざぐに町を通り抜けると、その通ったあとが一斉に爆発して燃えていくのである。

テツは列車ほどの大きさの巨大鼬を凝視しながら、脂汗を流し、念仏を呟《つぶや》き続けた。

巨大鼬はうねり、円を描き、紅《あか》い火炎と化し、やがては煙に姿を変え、空へと昇っていった。

火災、台風、雷、テツはそれら全てにあの化け物の気配を重ねた。

結局のところ、テッは再起することはなかった。戦中、戦後の混乱も、自分の中だけで通用する理屈に縋《すが》り、時には窃盗を、時には詐欺をしてさまよい歩いた。不思議と捕まらなかった。捕まらないのは鼬の神の加護だと考えた。

鼬の面を被った占い師になったのは五年ほど前で、大阪や、神戸、博多といった都市を渡り歩いた。


あなたの絵を見て混乱したテツは、その晩のうちに荷物をまとめた。まとめきれないものや、家具などはそのままにして、始発の汽車に乗った。

テツは、誰も知るはずのないことを知るあなたのことを、サクラの亡霊だと思いこんだ。もっともあのとき私はあなたに憑依していたのだから半分は当たっている。

テツは稲光山のふもとの駅で汽車を降りた。

実のところ、稲光山に足を踏み入れるのはあの日以来だった。

今回、テツは二つのことをしようと思っていた。

一つは、今や自分の守護神ともなった鼬神に拝謁することだ。風に斬《き》られるのは恐ろしいが、心を入れ替えて信奉している今の自分ならやられまい。

もう一つは、あの日のサクラの死体――とうの昔に骨になっているだろう――を見つけだし、供養してやらねばならない。そうすればきっと悪霊は成仏するのではないか。

私は彼をどうこうしようとは思っていなかった。彼の体は、節々が痛み、精神はあちこちが歪《ゆが》み、あなたと違ってとても居心地が悪かったが、彼が何をするのか見届けることにした。

彼は川原に無人の掘っ立て小屋があるのを見つけると、そこで寝泊まりをすることにした。行者姿に運動靴というよくわからない姿で行動した。

そして彼は例の泉を探し始めた。

だが、見つからなかった。前にも書いたが私もあの場所がどこにあるのかわからない。稲光山には多くの泉があるが、どこもあの大鯰の場所とは違うような気がする。あの場所は幻のようにかき消えていた。

一週間、彼は紅葉した山をうろつきまわった。あたりは落ち葉の宮殿とでもいった風情で、赤や黄色が秋の光に輝いていた。苦行と行楽が混じり合ったような感覚があった。結局のところ、テツは私の骨を見つけることも、鯰の神にもう一度出会うことも叶《かな》わなかった。

山はどんどん冷えていった。

八日目の朝、彼は足を滑らせ、滝つぼに落ちた。晩秋の山から下りてくる冷たい水流は彼の体温を瞬く間に奪った。彼はいったん岸に泳ぎかけたが、力尽き、そのまま深い底へと沈んでいった。

私の家族の最後の生き残りは、こうしてひっそりとこの世から消えた。

私は再び、霞《かすみ》の如き存在となり、もといた森で暮らし始めた。

雪の最初のひとひらが地面に落ち、すぐにあたりが真っ白になっていく。長い山の冬が始まる。

この手紙は、地元の青年の体を借りて書いている。夕暮れ前にはポストに投函《とうかん》する。きっと青年は我に返った後、自分が何を書き、何をポストに投函したのか首を捻《ひね》るだろう。

自分でわかるのだが、私の意識は前と違い、少しずつ弱まってきている。私はもうじきに誰かに憑依《ひょうい》する力を失いそうだ。おそらくこれが最後の憑依だと思う。春になる頃には、私の意識はこの樹海に溶け消えるのではないかと思う。

あなたにはお世話になった。

あの晩、汽車に乗るあなたに乗ってよかった。

私はとても有意義な旅をしたよ。

私はぼんやりと、あなたのことを考えている。やがてあなたは結婚をするにちがいない。やがてあなたは子供を産むかもしれない。あなたの日々に幸があらんことを。

今日は凄《すご》い雪だ。吹雪いている。

だけど、ここもいずれ春になる。何年後の春でもいい——何十年後だっていい——いつか、ここに遊びにきてほしい。

ナツコ。あなたが東京の静かな夜に絵に描いた場所はみんなあるよ。駅を見下ろす高台も。
そして、山を、森を、花を、愛《め》でてほしい。私は静かにその日を待っている。

稲光山のサクラより

金色の獣、彼方《かなた》に向かう

1

時折、金色の獣の夢を見る。

その夢が、記憶によるものなのか、それともどこか遠い異界から来るものなのか、大《だい》輝《き》には判断ができない。

成長していく過程で故郷は失われた。両親は双方とも生きてはいないし、川も野原も開発で様変わりした。あの獣に出会った草の海は、もはや夢の中にしか存在しない。

あの頃、あの土地には確かに神々が棲《す》んでいたように思う。

年を経てから大輝は何度も当時のことを思い出す。あの少女は今どこにいるのだろう。

大輝が幼い日々を過ごした家は、川岸の土手の上にあった。白い木造家屋と庭。垣根の内側には、物干《ものほ》し竿《ざお》と風にはためく洗濯物。錆《さ》びたトランポリン。文鳥を飼っていた鳥籠《かご》。自転車。ドラム缶。

ペンキの剝《は》げた白い垣根の向こう側に目をやれば——そこには草原世界が広がってい

た。

川沿いの一帯は葦《あし》の生い茂る野原だった。葦は大輝の身長より背が高く、そこら中に野の花が咲いていた。

草原をまっすぐ行けば川に突き当たる。橋がかかっていたが、古くは渡し舟で往来していたようで、朽ちた船着場のあともある。橋の向こうには丘陵が続き、その先は樹海だった。

大輝の両親は、「川の向こうには行ってはいけない」と執拗《しつよう》なほど繰り返した。川向こうには図書館や町営プールはない。あるのは樹海の入り口だけだ。子供が探検気分で樹海に踏み入ってしまうことを心配したのだ。実際、樹海に迷いこんで帰って来なかった子供は、周期的に現れた。

垣根の外の草原世界――川辺の野原には、多くの怪異が伝説として語られていた。猫の墓掘人と呼ばれる野原で穴を掘っている麦藁帽子《むぎわらぼうし》の老人がいた。最初にその男に出会った時、大輝は宝でも掘っているのかときいた。彼はスコップを片手にとろんとした目でこう答えた。

「これは猫の墓だよ」

大輝が、飼っている猫が死んだのかときくと、このあたりの野良猫が死ぬ時に入っていく墓を掘っているのだと老人は答える。

「猫は死ぬ時に死ぬ場所を探しに行くっていうだろう？　こうやって掘っておけば猫は安心してここに入って死ぬんだよ」

しばらくしてその場所に行くと、そこはもう埋められていて、石が並べられている。

老人はまた別のところで穴を掘っている。

「こないだのところはもう満杯になったから新しいのを掘っているんだよ」

猫の墓掘人は大輝の小学校でも有名だった。

――あれは、百年前から同じ姿で穴を掘っているんだって。あたしのおじいちゃんも子供の時見たことあるって。

――十回見ると呪われるんだって。

――戦争でおかしくなった人だってよ。

――樹海に住んでいたんだって。

――都会のペットショップが売れなかったペットを埋めるのを依頼しているんだって。

――猫の墓掘人なんてホントはいないんだ。ただ噂があるだけだよ。

――だって俺、見たことあるぜ。

――それは川漁か何かの別の人だよ。

本当のことは誰も知らなかった。

2

土砂降りの雨がしばらく続き、雷があちこちに落ちた。大輝の家は雨漏りし、あちこちに雨水を受け止める空き缶を置いた。ぴちゃぴちゃ、とんとん、と水滴が缶を叩《たた》く音が音楽のようだった。

嵐が去ると気温が上がり、湿気を孕《はら》んだ夏風が吹いた。

まだあちこちに水溜《みずたま》りが残っていた。おたまじゃくしが泳いでいる大きな水溜りもあった。

大輝は葦の茂みの中の空き地で、蛇を見つけた。

蚯蚓《みみず》とまちがえかねないサイズの黒い蛇で、少し弱っていたのかもしれない。のろのろと身をよじっていた。

大輝はさっそく、そこらに落ちている石や板切れを持ってきて、蛇の周囲を囲んだ。くねくねと身をよじる蛇を眺めながら、上から小石を投下したり、小枝でつついたりしていると、後ろから声がかかった。

「何しているの？」

振り返ると、大輝より一つか二つ、年上の少女が好奇心に目を輝かせて立っていた。

「蛇だよ」

大輝がいうと、少女は板切れの囲いの中をのぞきこんだ。

大輝は少女に、爆竹で蛇を爆破するとすごく面白いんだよ、と話した。

「やったことあるの？」

「まえにね。爆竹があればできるんだけど」

本当はそんなことをやったことはなかった。ただ、年上の従兄弟《いとこ》の話を聞き覚えていて、刺激的な遊びを知っているのだと見栄をはっただけだった。

「ね、この蛇、なにか食べるかな？　餌を探してこよう」

少女は思いついたようにいうと、すぐに葦の茂みに姿を消した。大輝はその間、蛇が隙間から逃げられないように囲いを補強した。

少女は雨蛙を捕まえて戻ってくると、囲いに投下した。二人はしばらく蛇が雨蛙を食べるかどうかを見物したが、蛇はなんとなくあきらめた風に動くのをやめていて、雨蛙に見向きもしなかった。もとより雨蛙は蛇の口より大きかった。

「食べないね」

「うん」

「君はどこから来たの？」

「川の向こう」

樹海のことが脳裡《のうり》に浮かび、ひやりとした気持ちになった。

「橋できたの？」

「そりゃ、そうよ」

「あっち側って人住んでたんだ」

「何それ。あたしの家、三階建ての洋館でお手伝いさんいるけどね」

少女はすましていった。

「スペイン風の庭もあるし」

スペイン風の庭？

どのぐらいそうして二人で見ていたのか。蛇は動くのをやめていた。

草の海は初夏の風にざわざわと揺れ、太陽が雲に隠れて暗くなり、また明るくなった。

小枝を使って雨蛙を蛇の頭の先まで誘導してやったりしたが、やっぱりだめだった。

ふと少女がいった。

「殺さないと駄目だよ。この蛇」

「なんで？」

「それはね、蛇ってすごく執念深いんだって。一度何かされるとずっとおぼえていて復《ふく》讐《しゅう》しにくるんだって」

「へえ」

「ここで逃がすと、苛《いじ》められたことをこの蛇はずっと覚えていて、もっと体がずっと大きくなってから、こっちが忘れた頃に茂みから飛び出てきて咬《か》み付いてくるかもしれない。私の友達は蛇を苛めてそのままにして、一年後にその蛇に咬まれて、目から血を流して死んだの」

蛇に咬まれてなぜ目から血が出るのか、などということは気にならなかった。ただ想像したビジュアルに戦慄《せんりつ》した。

「おれ、別に苛めてない」

「蛇がどう思っているかだから」少女は気の毒そうにいった。「それにね、生き物はリンネしているから。この蛇はほら、かわいそう。殺してリンネさせてあげた方がいいの。そうしたら次の生き物に生まれ変わるから」

リンネの話はどこかで聞いたことがあった。

「かわいそうだけれどね。殺すの」

少女はしみじみと続けた。

「仕方ないよね。どうやって殺そうか？　生き埋め刑？　八つ裂き刑？　それとも……燃やす？」

「今度はおれが餌を探してくる。逃げないように見ていて」

大輝は少女にいうと、餌を探しに場を離れた。

あの蛇の口のサイズでは虫がいい。大輝は虫を探しながら走った。いつもはそこら中にいるコオロギやバッタも、いざ探すとすぐには見つからない。

少しだけ盛り上がった土に、飾るように円形に小石が並んでいる場所が現れ、大輝は、おっとお、と叫び、勢いよく飛び越えた。

ふと足を止める。

見慣れない小さな動物が地面にいた。死骸《しがい》ではなく生きていた。ねずみ、もぐら、うさぎ、こいぬ、いや……きつね？　いたち。

そう、これは鼬《いたち》。まだ気がつかれていない。

大輝は手を伸ばした。

次の瞬間には、その小動物はあっさりと大輝の手の中に納まった。暴れることなくじっとしている。

鼬らしき小動物を抱いた大輝は蛇の餌のことなど瞬時に忘れた。

まっさきに思い浮かんだのは、「蛇vs鼬もどき」という戦いの構図だった。

大輝は小動物を両手で包み、少女と哀れな蛇のもとに、英雄のような気持ちで駆け戻った。

「おれ、すっげーのみつけた！　たたかい、たたかい」

さっそく囲いの中に、捕えたばかりの獣をいれた。

その小動物は、いざ囲いの中に入れて観察してみると、なんとも不思議なやつだった。

金色の長い毛。全体の細長さは鼬科のものだったが、毛の間から覗《のぞ》く顔の造形は鼬や川獺《かわうそ》の丸顔ではなく、犬を思わせた。緑色の目をしていた。

少女はぽかんと口を開いた。獣と少女はしばし見詰め合った。

「鼬かな」

大輝がいうと、少女が我に返ったようにびくりと反応した。

「どこにいた？」

「すぐそこ」

もしも蛇と戦えば、体のサイズからして変な動物の方が強いように思えた。だが両者は戦わなかった。

鼬に似た獣は実に大人しかった。板切れの塀の中に入れられ、二人の子供たちにのぞかれながらも、我、関せずという風に前足を舐《な》めていた。蛇もまた死体のように静止していた。雨蛙はぴょんぴょん飛び跳ねていた。

「殺さなきゃいけないね」

少女が残念そうにいった。

「え？」

「鼬みたいなのと蛙はいいけど、やっぱり蛇は悪い生き物だから。蛇は呪うのよ。悪い生き物だって知ってた？」

大輝は呆然《ぼうぜん》とした。

「殺さないと私たち復讐される。蛇はいつまでもおぼえているから。だから、リンネさせてあげなきゃ」

少女がそんな事をいっている時に、眠たそうにしていた獣がのっそりと動いた。同時に蛇も動いた。

大輝と少女ははっと会話をやめた。

戦闘開始か。

蛇のほうから鼬めいた生き物に寄っていく。次の瞬間に、鼬めいた生き物は蛇を咥《くわ》えていた。

まるで、蛇が自分から食べられに行ったかのように見えた。

獣は蛇を咀嚼《そしやく》している。口の端から蛇の体の半分がぷらぷらと揺れている。

ああ、よかったと大輝は思った。間接的には、蛇を殺したのは自分たちだが、これなら罪悪感はない。

「よかったね」少女もいった。

蛇はリンネできたし、金色の獣はおなかいっぱいになったし、自分達も捕食の光景を観察できた。全員が幸福になった。よかったね。

「俺さ」大輝の言葉に重ねるように少女がいった。「私、この鼬みたいなの飼うね」

「駄目だよ、俺が見つけたんだよ」

「そんなの関係ないよ。あんた、家どこよ」

「すぐそこ」

3

ルーク。

細長い小さな獣にその名をつけたのは少女だった。

少女の名前は千絵《ちえ》といった。学年は大輝の二つ上だった。中学生だという。

千絵は大輝の家までついてきた。まずルークを、庭のガラクタの一つになっていたケージに布を敷いて入れた。ルークはケージの中で暴れるでもなく、身を伏せると眠たげに目を細め、やがて眠った。

二人はしばらく話し、何度かじゃんけんをした後、大輝がルークを飼うことに決まった。

「まあ、いっか」千絵はいった。「ルークも本当は私の家で飼ったほうが幸せだと思う。そうはいっても、あたしの家は、ペットにうるさいからね」

とりあえずあんたのところでもいいかな。

洗濯機の上で昼寝をしていた猫のパンダ（毛色が白と黒である他は、特にパンダには似ていなかった）が、顔をあげて目を細めてルークを見ると、庭から出ていった。

「あの猫飼ってるの？」

「パンダ？　うんまあ。半野良猫だけど」

思い出したように千絵は微笑んだ。

「猫っていえば、猫おじさんって、このへんにいるの知ってる？」

猫おじさんとは、猫の墓掘人のことだろうと察して、大輝は頷《うなず》く。

「ああ、なんかね。よく知らないけど」

「このへんの野原ってさ、〈猫おじさんの野原〉って呼ばれているんだよ。本当にいるの？」

「本当にいるよ。さっきも墓の跡あったもん」

小石のストーンサークル。

「埋めた後に石を並べて置くってやつね。あれ、一度警察が掘り返したことあるんだって」

何か変なものを埋めていないかって。一つ掘り返してみて、何も出てこなくて、別のやつを探して掘ってみたけどやっぱり何も出てこなかったって。

「何も埋めてなかったってことかな」

解釈は他にもある。何かを埋めてはいるが、埋めた場所をわからなくするためにダミーの穴をたくさん作っているとか。埋めたものが地中で溶けて消えてしまったとか。

「あなたにきちんと飼えるかなあ？」千絵はルークに話を戻すとしつこくいった。

「飼えるってば」

「ルークを時々見にきていい？」

いいよ、と大輝は了承した。

父親は、ケージに入っているルークを観察しながらいった。

「おい、父さんもこんなの見たことないな。こりゃあもしかして新種の生き物じゃないか。新種の生き物だったら、おまえが発見者だからおまえの名前がつくぞ」

ケージの中のルークは穏やかな表情で父親を見ていた。父親がこの生き物を知らない、というのはおそらく本当だろうが、だからといって未発見の生物であるということにはもちろんならない。

母親もケージを覗いて、冷静に、毛長鼬ね、といった。

「顔が少し変な鼬だけど。川獺？」

「川獺と鼬って何が違うの？」

「同じ種類でしょう。川にいるのが川獺。水かきがついているんじゃなかったかしら」

「顔が違うなら、鼬じゃないんじゃない」大輝はいってみた。

「人間にもいろいろな顔があるんだから、鼬にもいろいろいるでしょう。飼うのはいいけど、ちゃんと飼いなさいよ。死なせたらかわいそうだからね。それから外で飼ってね」

「蛇を喰《く》ったってんだからマングースかな。そいつはマングースかもしれないぞ」

父親は少し酔っていた。大輝はマングースがどのようなものかよく知らなかったし、おそらく父親もよくは知らなかっただろう。

祖母の反応はあまりよくなかった。

「これはなんだい？」

「ばあちゃんにもわからないの？　父さんもわからないって」

「よくマフラーになるやつですよ」

「およしよ。そんなもの」

祖母は疑り深い目で、その生き物をしげしげと観察した。ぽつりと妙なことをいった。

「こりゃ、竹筒で飼うんだよ。鼬《いたち》行者が……」

大輝はルークをいれたケージを庭のトタン屋根の下に置いた。

死んでしまった文鳥用の餌が残っていた。ルークが文鳥の餌を食べるか自信はなかったが、餌受けにその餌と魚肉ソーセージもいれた。そしてダンボールで覆いをかけた。

翌朝になってダンボールを外すと、ケージの中には何もいなかった。

あっと声をあげる。

逃げられた。

餌はきれいに平らげられていた。魚肉ソーセージも文鳥の餌も残っていなかった。

ケージの位置は昨晩と変わっていない。覆いにかけられていたダンボールも傷ついていない。

コトン、と音がして、あたりを見回すと、背後のドラム缶の上にルークがいた。

ルークは緑の目でじっと大輝を見ている。

もしも、ルークが小さな前足を隙間から差し入れて、自力でケージの扉を開けたのだとすれば、予想よりもずっと賢い生き物にちがいなかった。

ルークは見る間にドラム缶から飛び降りると垣根へ向かう。お別れの挨拶《あいさつ》は済んだといわんばかりだ。

「待って」

大輝は思わず叫んだ。

「おいしいものあげるから!」

獣を引き止めることはもはやできそうになく、そんな台詞《せりふ》しか思い浮かばなかった。

通じるとは思わなかったが、鼬めいた生き物は足を止め、振り返って首を傾げた。

待っていて、大樹はルークにいうと、素早く縁側から家に戻り、戸棚にあったビスケットを持って戻った。

金色の獣は無邪気に待っている。

ビスケットを投げてやると、ルークはびくりと反射的に身をひいてから、匂いをかぎ、前足でビスケットを持って食べた。

ルークはビスケットを食べ終わると、目の前の少年をじっと見つめ、おじぎをするようにぺこりと頭を垂れた。そしてくるりと円を描くような動きをした。

その後、ルークは野原に消えたが夕方前には戻ってきた。大輝は一度逃がした生き物が戻ってきたことに感銘を受けた。

もう一度ケージに閉じ込めようとは考えなかった。足を拭《ふ》いて、親に頼んで家に入れてみる。

その日からルークは大輝の家に居つくことになった。

身軽なルークは壁を走り、テレビに向かい合った窓枠の上に設置されている神棚の上をお気にいりの場所とした。大輝の部屋にこしらえたダンボールの寝床や、本棚の上もルークの領域だった。

ルークが来てから三日後に千絵が遊びにきた。

「ルークいる」

紐《ひも》で繋《つな》ぐでなし、檻《おり》に入れるでもなく、庭で日向《ひなた》ぼっこをしている獣を見て、千絵は目を丸くした。

「もう懐いたぜ」

「へえ」

千絵の顔に瞬間面白くなさそうな表情が浮かんだ。

「私ね、図鑑で調べたけど、こんな生き物、載っていなかったよ」

「じゃあ、新種かな」

「どうだかね」

「テンとかオコジョとか、鼬の一種だとは思うけどね」と千絵は首を捻《ひね》ったあと、曇った表情でいった。「逃がさないといけないんじゃないっていおうと思ったんだけど」

「だってもう懐いているよ」

「でも、動物の命は人間のものじゃないでしょう」

蛇を殺そうといいだしたときの主張と喰い違っている気がした。ただ意地悪をいっているだけではないか。

「ルークは好きでここにいるんだ。逃がすも何も鎖で繋いでいるわけじゃないよ」

「野生の生き物は、野生に返れなくなるから駄目なんだって。自分で餌をとれなくなって……」

「自力でとっているんだこいつ」

嘘ではなかった。

千絵の目に敵意が浮かび、大輝は黙った。

「それだけお利口ということは、誰か他の人が飼っていたペットかもしれないでしょう。というか、たぶんそうよ。飼い主が捜しているかもよ」

それは一理ある。

「だったら飼い主が現れるまで、ウチで預かっているよ。貼り紙とかがあれば、ちゃんとその人に返すから」

夜になって膝《ひざ》の上のルークを撫《な》でながら、大輝は千絵の〈逃がさないといけない〉を思い出した。

逃げる、という言葉は拘束があって生じるものであり、ルークにはあてはまらなかった。ルークは自由だった。もし仮にルークがいなくなれば、それは純粋に「どこかに行った」のであり、逃げたわけではない。

でも、もしも貼り紙などを見つけたら……やはり持ち主に返さなくてはならないのだな、と思うと少しだけ気持ちが暗くなった。


ルークは室内で粗相をすることは一度もなく、用を足す時は、屋根裏に通じる穴や、どこかの隙間から一人で外にでた。柱をかじることも、テーブルの上にあるしまい忘れた食べ物をかっさらうこともなかった。何をしたら人間の癇《かん》に障るのか、教えられずとも知っているかのようだった。

もちろんこちらから何かあげれば気に入ったものは口にした。ほとんど何でも食べた。鳥の餌も、キャットフードも、人間の食べ残しも。特に味噌《みそ》が好きだった。

4

学校から帰ってきた大輝を祖母が呼んだ。

「ルークの話なんだよ」

祖母は庭のベンチで話したい、といったので、外にでた。大輝は、ルークがついに祖母の大切な着物をめちゃくちゃにしてしまったとか、その類の大失敗をやらかしたのではないかと思った。

祖母は少し弱々しく話し始めた。

「きのう、あれがね……外で日向ぼっこをしているのを見ていたんだ。ちょうど、あのへんの石のあたりだった」

大輝は祖母が指差した岩のあたりを見た。あれとはもちろん、ルークのことだろう。

「見ていると蜥蜴《とかげ》がやってきたんだ。最初はあの垣根のところに」祖母は指差し、そして声を潜めた。

「そうしたらね、蜥蜴が、自分からあれのところにやってきて、まっすぐとね、何か話でもあるみたいに……そしてそのままあれは……その蜥蜴を食いよった」

特に驚くことでもない。捕まえたその日に蛇を食べるのを見ていたからだ。そうか、あいつの魔術は本当だったんだ。あの時限りのものではなかったんだ。

「猫がいなくなっただろう？」

祖母は怯《おび》えた目をしていた。

大輝は頷《うなず》いた。確かに。パンダはここしばらく帰ってこない。パンダの友達の野良猫もここ最近は家の周囲には現れていない。

「おまえ、あれにトイレのしつけを教えたかい？　部屋で小便をたれてひっぱたいたりしたかい？」

　大輝は首を横に振った。ルークはとても頭がよいのだ。とても。祖母の不安が大輝の中にも微《かす》かに広がり始めた。

「あれは神棚のところで、いつもテレビを見ているのを知ってたかい？」

　そりゃ知ってるよ。ばあちゃん。こないだだって、父さんがこいつは人間みたいだなって冗談の種にしていたじゃないか。

　祖母は少し思い切ったようにいった。

「生き物はね、必死になって餌を追い掛け回すものだ。ねずみだって、ライオンだって、人間だって。あんな風に餌をとる生き物はいない。部屋で飼って、一度も粗相をしないで最初から外で用を足す生き物なんていない。人間の赤ん坊だって、トイレは親が教えてやるんだから」

　だから、私はルークが嫌いなんだ。怖いんだ。そう祖母は言いたいようだった。

「ルークはさ……たぶん外国の生き物で、どこかのお金持ちが飼っていたんじゃないかな」

　見慣れない姿の生き物であるのは、外国の生き物だからだ。家で粗相をしないのも、ルークはすごくきちんとしつけられた他所《よそ》の家のペットであるから、と説明できる。

　ルークには動物にしかわからない独特の匂いみたいなもの、わからないけど、フェロモンとかなんとか——があって、蛇とか蜥蜴とかはルークの匂いに近寄っていってしまう。そして猫はその匂いが嫌いなのでどこかにいってしまった。

もとの飼い主が今どうしているのかは、わからない。ルークは捨てられたのかもしれないし、自分から逃げたのかもしれない。

そういうことなんだよ、きっと。

大輝の主張があらかた終わってから、祖母はいった。

「おまえには上の村のことを話しているだろ。あれは、あそこから来たんじゃないかねえと思うんだよ」

上の村というのは、家の前の川のずっと上流の山奥の村のことだ。ほとんど樹海の中といってもいい。祖母は若い頃の一時期樹海の外れにあるその村で暮らしていた。祖母によれば、そこは土葬の習慣があり、森には幽霊がさまよい歩き、テレビや水洗トイレのある家はひとつもない集落だったそうだ。祖母の記憶の中にしか存在していない村だった。大輝が生まれる前に廃村になり、完全に消滅していた。かつてあったそこに至る道も十年も前の土砂崩れで塞《ふさ》がれたという。

「鼬《いたち》行者というのがいたんだよ」

「鼬行者？」

「春になるとふらりと現れるんだ」

どこからともなくやってくるんだ。

鼬を連れていてね。竹筒に入れて。鼬行者が現れると、村人はみんなで歓迎したんだ。でもね、鼬行者には触ってはいけないんだ。病気になるといわれていてね。村の人が食べ物をあげて、神社にとまるんだよ。お祭りをやって……二週間ぐらいいて、去っていくんだ。

「悪い人なの？」

その鼬行者は。

「良いか、悪いか、といえば、良いところも悪いところもある。不思議な力があるんだよ。たとえば、千里眼だ。いろんなことを教えてくれる。ときには知りたくないことまでね。占いとか、捜し物とか。ありがたいけど、でも同時に怖いんだよ。だからもてなすんだ。鼬行者が怒ると、人がたくさん死ぬから。鼬行者が呼べば、どこからか鼬がでてくるんだ。そりゃあ懐いているなんてもんじゃない。もう体の一部みたいなもんだ。でも、もしかしたら、鼬に使われているのかもしれないと噂されていたよ。人間のほうがね」

「鼬は……」

ルークみたいなやつ？

「だったと思うよ」

「鼬行者にはどうやってなるの？」

修行をするとか？

祖母は呆《ぽ》けたように口を半開きにしたますぐには返事をしなかった。とても複雑な苦い表情を見せ、それから笑った。

「年金がもらえなくなるよ。もしも、そんなものになったら」

飼っては駄目だ、という話にはならなかった。ただ、祖母はルークを薄気味悪い生き物だと言い続けた。

ルークの方は祖母を何とも思っていないように見えた。この生き物は、祖母だけではなく大輝も含めて全てのことを何とも思っていないのではないか、と思える節があった。

5

大輝はルークを抱き上げて緑の目を覗《のぞ》き込んだ。

生き物とは不思議なものだ。ルークは特別に不思議な生き物だが、そうでなくても生き物はみな謎めいている。

ルークの瞳《ひとみ》の中に隠されている秘密を解読しようと眺めていると、どこか別の宇宙に吸い込まれていく気がする。

「鼬行者って知っているか」

ルークはくすんと鼻を鳴らす。鼬行者という言葉に反応したのかどうかわからない。

「俺は鼬行者だぞ」大輝はいってみる。


その晩、大輝は夢を見た。

樹海の裾野《すその》のどこかにある廃村。

そこに一軒の寺か神社跡かわからない廃屋がある。

その廃屋の中に、腐った布を纏《まと》った白骨が倒れている。

もちろん、大輝は森の奥に入ったことはないし、白骨の人に思い当たるものなどない。

薄暗い廃屋は静寂が満ちている。畳はとうに腐り、苔《こけ》と黴《かび》に覆われている。部屋の隅には茸《きのこ》が生えている。

目が覚めると己の心臓の鼓動が聞こえた。

暗い部屋でじっと考える。

夢の白骨は鼬行者だ。

単なる思い込みかもしれないが、なぜか確信がある。

自分がこうして布団にくるまっている同じ時に人知れぬ廃屋には、鼬行者の白骨が今もひっそりとうち捨てられているのだ。白骨はおそらくルークと前に契りを交わした人ではないのか。

七月、夏休みはもう近い。

友人たちと町営プールに行った帰り道、大輝は一人で野原を歩いていた。

日は少し傾きかけていて、遠くの積乱雲が金色の輝きを帯びていた。

空き地の丈の高い葦《あし》の中に、子供一人がやっと通り抜けられる幅の道を見つけた。両脇に草の壁ができている。

草原世界には、数日か、数週間ほど存在した後に草薮《くさやぶ》に戻る道が時折現れるのだ。

大輝は少しためらってからその道に足を踏み入れた。ぬかるんだ赤土が、歩くたびに運動靴の裏にべっとり貼り付いた。道は曲がりくねり、ところどころに蚊柱ができている。草を掻《か》き分けないと進めない部分もある。

道の先に何かあると大輝は感じていた。進むたびに先にある気配は濃くなった。

ぬかるみのひどいところをよけ、土の乾いた部分を飛び石のようにして進んでいく。次第にゆっくりと、忍び足になっていく。

やがて大輝は草に囲まれた空き地に掘られた一つの穴の前に到達した。

直径八十センチほどの穴だ。

小さな蝿が何匹か腕についたので、振りはらった。

穴の上の空間がもやもやと黒っぽかった。

黒い粒子が乱れている。

よく見ると、蝿だった。数百匹の大小さまざまな蝿が、黒い柱となって、空気を震わせている。

これだけの蝿が群れているのだ。穴の中にあるものが、見れば後悔するようなものであることは想像がつく。

大輝は身を屈めて小石を拾いあげた。一歩下がってから、小石を穴に放り投げる。一挙に黒いもやの密度が濃くなった。数千匹の蠅の柱ができた。狂ったように乱れ飛ぶキンバエ、ギンバエ、ショウジョウバエ。

少しすると、蠅の何割かは穴に戻った。

穴の中から小石が放物線を描いて飛んできて足元に落ちる。さきほど投げ込んだ石に違いなかった。

大輝は眉《まゆ》をひそめた。

(こっちにおいで)

穴の中から声がした。男でも女でもない、子供でも大人でもない声だった。

声は蠅の羽音と混じりあって聞こえてくる。

(こっちにおいで、のぞいてごらん。のぞくだけ。のぞくだけだから。大丈夫だよ)

大輝は目を見開いた。足が小刻みに震える。

声は発情期の猫の鳴き声のような響きを帯びた。何重にも重なり合い、歪《ゆが》んでいる。

(はやくきなよお、はやくう、なくなっちゃうよお。二度と見られなくなるよ)

逃げようと思うのに体が動かない。穴の縁に手が二つ現れた。青白い膨れた手だ。ところどころが黒ずんでいる。手は半透明で、下の地面が透けて見えた。

手は関節のない、蛇めいた動きで大輝の足に伸びてくる。長い。

がさがさと草をかきわける音がした。

その音に反応したのか、手が凄《すさ》まじい速さで、ひゅっと、もとの穴に戻った。

大輝は背後から肩を摑《つか》まれた。振り返ると、麦藁帽子をかぶった老人が溶けるような笑みを浮べていた。

老人の瞳は金色に輝いていた。

穴の中からの声は喋《しゃべ》るのをやめ、ただ蝿の唸《うな》りだけがあたりを満たしている。

「この子はだめだよう」

猫の墓掘人はがっちりと大輝の肩を摑んでいた。体を動かそうとしても動かせない。

「この子はたまたまここに来ただけだあ」

蝿の唸りが強まった。不平をいっているようだ。

猫の墓掘人は、穴の中にいる奴と話しているんだ。大輝は思った。ああ、死にたくない。

「だめだよう。あんたの味方はしないよお」

唸りがさらに強まった。

「だめだあ」

少し間があって、唸りが弱まった。

「なあ、坊やア、よかったなあ。あんた、もう少しで喰《く》われるところだったぞお。あの穴はおれが埋め忘れた穴だあ。時々、変なのが棲《す》みつくからきちんと埋めないとなあ」

猫の墓掘人の肩を掴む力が緩んだ瞬間、大輝は腕を振り払い、来た道を走って逃げた。草の中から汗だくになって飛び出し、後ろを振り返ると、叢《くさむら》の道は消えていた。

風が草の海を揺らす。

蟬時雨の田舎道だった。


翌日、ルークを見に来た千絵に「猫の墓掘人に会ったよ」と話した。

「本当に本当？」千絵は問い詰めた。「猫の墓掘人って幽霊みたいなものじゃないの？」

「たぶん。怖かった。俺、もっと子供のときにも会っているから、多分、会うのも二回か、三回目だよ」

霊感があると霊を見やすい、というのと同じような意味合いで千絵はいった。

「会いやすいわけね」

「かもね。穴があったよ。埋め忘れたっていってたけど。なんなんだろう。穴になんかいたよ」

「なんかって？」

「わからないけど……危なかった。助けてもらったような気がする」

「よく無事だったね」

「うん。そんなに悪い人じゃない感じだったよ。人間じゃなさそうだけど」

6

初めてそれが起こったのは、二階の自室で漢字の書き取り練習をしているときだった。勉強は嫌いではなかった。一旦《いったん》集中しはじめると、意識が波紋ひとつない深いところに沈んでいく。

忘我の境地で練習帖《ちょう》の升目を次から次へと埋めていく。その時だった。鉛筆を動かしながら体の奥底で、自分のものとは思えない躍動を感じた。蛍光灯に照らされた練習帖の升目と二重写しに、戸外の風景がうっすら見える。

得体の知れぬ躍動はさらに強まり、心臓の鼓動と同調する。ジャポニカの学習帳を前に座っている自分の周囲が薄れた。

次の瞬間。風が起こった。

大輝はルークになって木の根を飛び越えていた。

身の丈の二十倍もあるスキ野原のトンネルを駆けている。聞こえるのはごうごうという風の音。

草が途切れれば、燃えるような夕焼けの空が眼前に開かれる。

なんだこれは、と圧倒されて息をついた。

自分自身の目で見るよりも、遥《はる》かに鮮明で立体感のある色彩。やがて空の色は変わっていく。冷え冷えとした寒色のちぎれ雲が流れていく。

ルークの世界、と大輝は思う。

この生き物は世界を感じている。無数の生命の蠢《うごめ》きやざわめき。音と匂いと色彩が混ざりあう。

ルークは向きを変えて、丘を走る。

ルークは何も恐れない。あらゆる存在は小さき神に一目置いているのだ。

遠くに家が見える。窓から温かい光が漏れている。そこに向かっている。大輝はそれが自分の家だと知っている。


網戸を引っ掻《か》く音で、大輝は我にかえった。窓枠にルークがいる。網戸を開いてやる。部屋に飛び込んできたルークの足を雑巾《ぞうきん》で拭《ふ》いてやりながら、大輝はいった。

「おまえがどこにいたか知ってるぜ」

見えたんだ。おまえの目を通して。

自分の魂が、少しの間、ルークに乗り移ったのだ。回線が繋《つな》がり、ルークの視点を獲得した。

説明のつかない不思議な体験だったが、やがてそれは何度も起こるようになった。

大輝は算数の授業中に飛んだ。

天の果てまで聳《そび》え立つ幹が連なっている。ルークは一本の木に飛びつくと登り始めた。果てしなく軽い体と、それ故の躍動。木の皮の匂い、太陽光を含んでぼうっと葉脈を浮かばせて緑に輝くたくさんの葉。

喜びで頭の中がいっぱいになる。

ルークの動きに迷いはなかった。張り巡らされた枝の迷路には、小動物にだけわかる道順があるかのようだった。

やがて目当ての大樹の枝に飛び移ると、幹に爪を喰い込ませ、さらに上を目指した。頂上付近にたどり着くと、細くなった足場の枝は風に揺れていた。

見渡せば世界があった。足元には樹木の海が広がる。風が吹くと葉が揺れてさざなみがたつ。遠くには山脈と、間隔をおいて連なる鉄塔が見える。大輝の家の側を流れる川も見える。川面が光を反射させて白く輝いている。青い稲の田んぼ。

線路と駅が見えた。

どのぐらいの視力があるのか、遥か遠くにあるものも、細部まではっきりと見えた。自分の体で同じ木に登ってもこうは見えないだろう。駅のホームを歩いている女の人のハンドバッグの柄までわかる。

そしてルークは小学校に目を向ける。

現実の自分がいる小学校。その窓から見える生徒たち。ああ、あれは自分だ。

祖母のいっていた鼬《いたち》行者は実在し、千里眼の仕掛けはこういうことだったのだ。

ふっと意識が薄れ、暗い穴に落ちていく。

くるくると木の葉のように舞いながら、落ちた先は保健室だった。


静かなベッドの上で身を起こすと、椅子に座っていた保健の先生が、顔を上げた。

「大丈夫？　君、昨日の夜はちゃんと寝た？」大輝は頷《うなず》く。

「ご飯は食べている？　夏バテというにはまだ早いと思うけど」

「ぼくは……」

「授業中に寝て、先生に怒られても起きなかったっていうじゃない。ここまで担任の先生がおんぶしてきたのよ。もうすぐお母さんが迎えに来るから、今日は早退しなさい」

大輝は思わずいった。

「保健の先生、チャーハンを食べたの？」

先生は、おや、と目を丸くした。少しの間があり、大輝はわけのわからぬことを口にしてしまったことを後悔した。

「昨日の夜よ。私が駅前の中華飯店にいたのを誰かがどこかで見ていたわけね」

先生がそういって笑ったので、大輝も笑った。もちろん見ていたわけでも、他人から聞いたわけでもない。焦げた油や、塩、調味料——チャーハンの残り香ともいうものを先生から感じたのだ。

ルークの世界は、時には夜の夢の中に忍び込み、時には昼食後の放心時に白昼夢のように現れた。同時に、廃屋の白骨の映像も頻繁に浮かぶようになった。

大輝は休み時間に友人と校庭で野球に興じることもなくなり、一人でぼんやりとすることが多くなった。


その日、千絵は目の周囲に青あざを作ってやってきた。どうしたの、ときいても彼女は答えなかった。

「ルークは？」

大輝がルーク、と呼ぶと、屋根から細長い獣が下りてくる。

「すごい」千絵は目を丸くした。「犬並みじゃないの」

ルークは大輝と千絵に視線をやると、庭の錆《さ》びたトランポリンの上に乗って身を伏せた。

「餌をやらないと、ご褒美に」

「いいよ」大輝は顔をしかめた。「いちいち、そんな必要ないって」

「駄目駄目」千絵の表情が曇った。「ちゃんと呼ぶたびにご褒美をあげないと、もう来なくなっちゃうよ」

「普通のペットならまあ、そうかもしれないけど、こいつには必要ないね。なんていうかさ。ルークはさ、もう友達なんだよ。呼んだから顔を出したわけで、餌をくれるから顔を出したわけじゃないんだ」

千絵はむっとした。

「ただの思い込みだと思うよ、そういうの」

「そんなことないよ」

大輝は自分が時々ルークになることを千絵に話した。

「それから、妙に感覚が鋭くなるんだよ。見えていないのに、どこに何があるかわかるみたいな感じに」

千絵は疑わしそうに首を捻《ひね》った。

「昨日、ルークが私のところに来たのよね」

えっと大輝は思った。そういえば昨晩、ルークはいなかった。ふらりとどこかに行くのはいつものことだから、特に心配はしていなかった。

「本当？」

「まあね」千絵は無表情にいった。

翌日、大輝は親にお使いを頼まれた。スーパーに行って、小麦粉とみりんを買った。片手に袋をぶら提げて歩いていると樹海の遠景が目に入る。森の上空で鳥が群れている。いつだったかクラスメートが、鳥が森の上空で群れているのは、下に死体があるからだといったのを思い出す。

川向こうからじりじりと樹海が侵食してくる悪夢にうなされたこともあったが、ルークが来てから、樹海の印象はだいぶ変わった。森の一部が頭の中にある。新芽の匂い、朽ちた落ち葉のマット。鹿の糞《ふん》の臭い。梟《ふくろう》の鳴き声。さらさらと流れる小川。

その気になれば樹海の奥深くまで行ける気がする。ただ、行かないだけだ。

そこでふと、これまで一度として思いを巡らしたことのない疑問が、浮かんだ。

ただ行かないだけ。

それはなぜ？　なぜ行かないのだ？

いや、行くとか行かないよりも、その前にどうしてぼくはここにいるんだろう？

いったん思いつくと、それは疑問というよりも謎だった。謎は胸中で膨らむ。学校も、友達も、親も、何もかもが小さく感じはじめる。まるでたくさんの風船をつけられて空に舞い上がっていくかのようだ。

どうしてここにいるんだ？　どうしてここにいなくてはならないんだ？

厚い雲の切れ間から青空が見える。

大輝は無心に歩き続ける。

ルークは今、どこかの屋根の上で風の匂いを嗅《か》いでいる。それがわかる。森の匂いだ。

再び森が頭の中で生成される。

大輝の前に二人乗りの自転車が止まった。何度も一緒に遊んだことのあるクラスメートだった。にこやかに声をかけてくる。

「お使いかよ、大輝」

　普段であれば、遊びに行くなら俺も仲間に入れて、と合流したかもしれない。だが、今の大輝は不思議に二人のクラスメートと距離を感じた。うやむやな返答をすると、彼らの前を通り過ぎた。

　どんどん歩く。公民館。小さな神社。その近くの湧き水の泉。小さな理容室。田んぼと電信柱。

　雨が降り始めた。


「おう、坊主、なんで畑に入るんだ。おまえどこの子なんだ。この畑荒しめ」

　はっと放心から我に返ると、見知らぬ畑の真ん中に立っていた。足は脛《すね》まで泥まみれで、服も髪も濡《ぬ》れていた。畝《うね》には足跡が残っている。

　鬼の形相をした男が目の前にいて、自分の肩を揺すっている。男は雨具を着てゴム長靴をはいている。

「あ」

「あ、じゃねえ、馬鹿野郎、どこの子なんだ」

　男の畑だった。

　結局、ひどく怒られた後に、農夫は大輝を軽トラックで家まで運んでくれた。大輝が立っていたのは、自分の家がある川とは逆方向の、ずいぶん離れた畑だった。

「十キロはあるぞ。よく歩いてきたな」

農夫は、大輝の家をきくと呆《あき》れたようにいった。自分でも、どうしてこんなところまで歩いてきたのか全くわからない。

農夫がいうにはどれだけ声をかけても、反応しなかったという。

スーパーで買った小麦粉とみりんの入った袋はどこかで失くしてしまっていた。


数日後、千絵は草の小道に疲れた顔で立ち尽くしていた。泣いた痕《あと》がある。大輝の姿を認めると顔を上げた。

「大輝」

「ああ」

「一緒に遊ぼう」

「何をして」少しうんざりしながらきく。「ルークでも見る?」

千絵は黙った。打ちひしがれていて、最初に会ったときのような、知ったかぶったお姉さん的な様子はない。

「今日は、ルークはいいや」

「何かあったの?」

千絵は引き攣《つ》った笑みを浮かべた。二人は川原の土手にあがった。

「ねえ、大輝。お願いがあるんだけど」

大輝は訝《いぶか》しげに千絵を見た。千絵は何かを探すように周囲を見回す。川原。送電鉄塔。釣りをしている青年。

「秘密は守れる？」

「あ、うん」

千絵は躊躇《ちゅうちょ》していた。いいだしておきながら、えっとどうしようかな、などとぶつぶつ呟《つぶや》く。

「今日はさ、私の家に来ない？」

千絵の家は、最初に彼女が語った通りに川向こうにあった。だが、三階建てではなかったし、スペイン風の庭もなかった。舗装路から農道を奥に入った雑木林の中にあったのは、雑草に覆われた木造の安普請な家だった。庭らしきところは荒れ放題で、あえていうならアマゾン風だ。

千絵はからからと引き戸を開けた。

「おじゃまします」

おそるおそるいってみたが返事はなかった。

嫌な予感はしていた。入った瞬間、奥の方から漂ってきた異臭にたじろぐ。

居間に男が昼寝をしていた。

いや、昼寝ではなかった。

「お父さんなの。いや、本当のお父さんではないんだけどね」

床に伏せている男の顔は赤黒く腫《は》れている。何かで殴ったのだ。首まで布団がかけられている。腫れているほうの片目は半開きで白い。生の気配はない。死体だった。

大輝は慌てて目を逸《そ》らした。

壁に黒い染みがとび散っている。

膝小僧《ひざこぞう》が震えた。足元がおぼつかなくなり、目についた箪笥《たんす》に手をつく。こんなところに連れてきた千絵を憎んだ。いきなり地の底に引き摺《ず》りこまれたような気分だ。

「なんで」

絞り出すような声でいった。

なんでこんなことに？

病気ではない。壁の血痕《けっこん》からして、なんらかの争いがあり、死んだのだ。布団は死体が死体であることをごまかすためにかけたのだろう。

「こいつ馬鹿なのよ。わかる？　みんなこいつのせいでひどい目にあったの」

「でも、あの、死んでいる？」

「死んで当然なのよ」

こいつは悪人なのよ。死んでリンネしたほうがいいのよ。前に住んでいたところでは、私を使って空き巣をしていたの。狙った家の子供と私がまず仲良くなるわけ……一人っ子かどうかや、親が留守の時間帯をきいてね。そうして私がそこの家の子供を連れ出して遊んでいるときに家に入るわけ。見つかりそうになっても、よっぽど現行犯じゃなければ、私を言い訳にできる。娘がお邪魔していたそうで、ご挨拶《あいさつ》に、とかね。臆病《おくびょう》な卑怯《ひきょう》者でしょ。でも疑われないわけがない。疑われたら、逃げ出すわけ。生きていたって碌《ろく》なことしないわ。

大輝は思う。そういえば千絵は自分の家族の職業や、不在の時間帯を質問したことがあっただろうか？　よくおぼえていないが、とりとめのない会話の中であったかもしれない。死ななければ自分の家に泥棒に入っていた男なのか。だが、今、問題はそんなことではない。

「誰が」

誰が殺したの？

千絵は喋《しゃべ》るのを止めて、じっと大輝を睨《にら》みつけた。

「お母さんよ」

「お母さんは今どこ」

「もとからいないの。でもね、昨日ふらりと戻ってきて、私のために、こいつを殺してくれたの。この馬鹿が生きている限り、地獄だからって。今はどこかに行っちゃった」

本当だろうか？

真偽のほどはわからない。母親がふらりと現れて殺して逃げたということはありえなくもない。だが大輝は、初めて会った頃、〈私の友達は蛇に咬《か》まれて目から血を流して死んだ〉と千絵がいったときから、千絵の虚言癖にはうっすらと気がついていた。昼寝している男の腹や胸に包丁を突き刺して殺すことは大人でなくても――〈お母さん〉でなくてもできる。

「こいつが死ぬのは別にいいのよ。殺したのがお母さんだから困るわけ」

千絵は冷然という。

「警察にいったらお母さん、殺人犯で捕まってしまう。死刑になる。そうしたら私、親がいなくなっちゃう。だから、警察にはいえないの。ねえ、お願い。お母さんのためなの。お母さんは悪くないんだから。こいつ以外は誰も悪くなんかないのよ」

だが警察に行かないのならどうするのだ？　大輝は千絵の表情を窺《うかが》う。つまり死体を……。

隠すとか？

千絵は縋《すが》るようにいった。

「野原には、ほら猫の……」

「猫の墓掘人？」

「紹介して」

猫の墓掘人は何でも埋めてくれるんでしょう。

そして埋めたものは警察が掘り返したって見つからないんでしょう。何か変なものが棲《す》む特別な穴だってあなたもいったじゃない。

お願い、猫の墓掘人に頼んで。こいつを夜のうちに埋めてしまうようにって。一人で埋められるものならそうするけど、私の力じゃ運べない。庭に穴を掘ろうとしたけれど、すぐにスコップが岩にぶつかって無理だった。もしも猫の墓掘人が埋めてくれれば、それで全て上手《うま》くいくのよ。お母さんは悪人じゃないの。悪人はこいつなの。

「本当に、お母さんがいきなり現れて殺したの？」

「誰が殺したかが、そんなに重要なの？」

「いや」大輝は口ごもった。「でも、俺、猫の墓掘人が……どこに住んでいるかわからないし」

「野原のどこかにいるんでしょ。一緒に探してよ。私、一人じゃ会えない」

千絵は強く迫った。

大輝と千絵は外に出ると、川原に向かった。

草の海の中で、大輝は目を瞑《つぶ》って気配を探ってみる。

見つからないのであればそれでもいい。むしろ、そのほうがいいのかもしれない。自分が関わるべきではないことのような気がする。

それでも大輝は猫の墓掘人を探した。

ルークが現れてから獲得した特殊な直感力は日によって働くときもあれば、働かないときもある。自分の意思で自在に操れるものではなかった。だが、その日は集中すると、恐ろしいまでに野原のことがよくわかった。

ルークも自分も双方がよく知っている場所だからかもしれない。淵《ふち》にいる魚の気配までわかる。

——いる。

百メートル先の草の中に、人ならぬ気配があった。

「こっち」

草を掻《か》き分けて歩く。しおれた表情の千絵がついてくる。

丈の高い叢《くさむら》の中。

猫の墓掘人は、スコップを片手に立っていた。穴はまだ掘っていないのか、どこかに掘って埋めてしまった後なのか、足元には何もなかった。麦藁帽子《むぎわらぼうし》の下の金色の瞳《ひとみ》を、千絵と大輝に向けた。

「こんにちは。こないだは、あの……ありがとうございました」

大輝は挨拶をしてから、隣で硬直している千絵に囁《ささや》いた。「この人だよ」

頼むなら自分で頼めよな。

千絵の声は震えていた。

「あの、こんにちは」

猫の墓掘人は黙って二人の子供を見ている。

「あの、大輝君から聞いて、その、埋めてもらいたいものが……あるんですけど」

間があった。猫の墓掘人は口を開いた。

「人間かあ？」

いきなり核心を突く問いだった。

千絵は返答を躊躇《ためら》っている。墓掘人が見かけによらず常識的な感覚の持ち主であったなら、この答えによって話は全く別の方向へと向かう恐れがある。

だが返答しなければ、話は進まない。これは胃の痛くなるような賭《か》けだ。ようやく彼女はいう。

「人間……です」

金色の瞳孔《どうこう》が開く。

「生きている人間はあ、埋められないよお。お嬢ちゃんは入れないからあ」

冗談なのか。彼がいうと冗談に聞こえない。

「私じゃなくて……死体なの」

大輝は身を竦《すく》めた。墓掘人が巨大に見える。彼がその気になれば、一瞬のうちにスコップで叩《たた》き潰《つぶ》され、二人とも埋められてしまう、そういうこともありえるのだと初めて気がつく。

「罪はなあ、捨てても、戻ってくるぞ」

説教の出だしの口調だ。

しかし続く台詞《せりふ》は混乱していた。

「百人も死んだんだ。全部埋めたよ。百人も。いやもっとだ。みんなどこかに行っちまった。それでも埋めなきゃならないのが毎日来る」

猫の墓掘人はぶつぶつと意味不明の言葉を続ける。

「でもなあ、俺はもうすぐ全部終わるんだよお。この仕事が終わるんだよお」

仕事とは穴を掘ることか。ちらりと千絵に視線をやる。千絵は黙って猫の墓掘人の金色の瞳に魅入られている。話の内容に聞き入っているわけではなく、目の前にいるのは人間なのかそうでないのか見極めようとしているかのようだ。

やがて猫の墓掘人はいった。

「いいよお」

千絵は目を見開いたまま微《かす》かに顎《あご》を突き出す。

「穴が一つ増えたって一緒だあ。持ってきたらあ、いいよお」

「ここに？」千絵が地面を指す。

墓掘人は頷《うなず》く。

7

「じゃあ、俺、もういいだろ」

墓掘人のところから去ると、大輝はいった。

「駄目よ」

夕暮れの空の下、鴉《からす》が鳴いている。

「お願いだから手伝って」

千絵は涙をぽろぽろと流した。

「一人じゃここまで運べないの……」

「これ以上関わりたくないよ。もう遊びにも来ないで」

すぐに家に戻ってルークと遊んで夕食を食べて、テレビを見て、何もかも忘れたかった。忘れられるものならば。

「何か方法あるだろ。リアカーとかさ。俺、もう嫌だよ」

大輝はすっと離れる。千絵は涙のたまった目で大輝を見て、裏切り者、と呟《つぶや》いた。

大輝はふさぎ込んだ。夕食は喉《のど》を通らず、テレビも見ずに部屋に引き上げた。ルークがひらりと膝《ひざ》に乗る。本でも読もうと図書室から借りてきた江戸川乱歩を開くが、いっこうに集中できない。

早々に寝床に身を横たえた。

千絵は今晩、死体を運ぶだろうか？

自分はひどい奴なのではないか。やはり裏切り者なのだろうか。手助けできるものなら何かしてあげるべきではないか。だがそれでも、やはり死体を運ぶのに手を貸すのは嫌だった。

真夜中だった。

蛙が合唱している。

大輝は窓をからからと開くと、サンダルを履いて外に出た。

自分の生活圏内に死体が埋められると考えると、いい気分はしないが、おそらく草の下に眠っている死体は一つや二つではないだろうとも思う。

しおれた向日葵《ひまわり》の小道を歩き、対岸にかかる橋と、葦《あし》の原への入り口が見渡せる土手の上に腰を下ろした。

百人も死んだんだという猫の墓掘人の言葉を思い出す。

昔、この近辺で疫病が流行《はや》ったとき、川原に死体を埋める男がいたと大輝は聞いたことがある。その話をしかめっ面でしたのは父親だった。

——ああ、お前、墓掘人に会ったのか。墓掘人の正体？　そりゃあ、知ってるよ。あれはなあ……昔っからいるんだ。

父親はそのように始めた。父親がよくする作り話であるような気もしたが、それでも恐ろしい話だった。

墓掘人はかつて村の農夫だった。姉、妹、父親、母親、息子、娘。大家族だったが、疫病は一ヵ月のうちに男一人を残して家族の全てを奪った。

男は家族の遺体を川原に埋めた。

何故だか男だけは感染しなかったのだ。

男は家族を埋めた川原に、村人に頼まれるがままに、次から次へと運ばれる死体を埋めていった。

その病は死体からも感染すると噂されたので、村人は埋葬をみなその男に任せたのだ。

村人はやがて男も感染して倒れるだろうと遠巻きに見ていたが、男は倒れることなく穴を掘り、埋め続けた。

川原にはどんどん人が埋まる。墓標を立てても、嵐が来てさらってしまい、結局、誰がどこに埋まっているかわからなくなったそうだ。

やがて疫病が鎮まってからも、男はスコップを持って川原に立った。疫病で生き残った家族の中には、自分の身内の眠るところで眠りたいと望むものがたくさんいたからだ。

——たとえば、娘と孫を失ったおじいちゃんとかがな、わしが死んだらあの野原に埋めてくれとか、身内にいうわけだ。あるいはそういい残して自殺する人もいたわけよ。

父親は厳しい顔でそういった。

どうしてだか男の埋葬は人々に安心感を与えた。穴を掘る手つきは力強く、人を見る眼差《まなざ》しには慈愛と理解があった。

その頃の男には、どこか菩薩《ぼさつ》めいた神々しさが備わっていた。人々は男に畏敬《いけい》の念を抱くようになった。お布施をして拝むものもいた。

男は世俗の評価など一顧だにせず、ただ埋め続けた。やがてその野原に、ぽつぽつと、どこからともなく(父の話では全国から)人がやって来るようになったという。

――この野原に神様みたいな人がいて、その人に埋められたら天国に行けるとかな、おそらく雑誌か何かに三文記事が載ったんだろうよ。自殺志願者に訴えかけるものがあったんだろうな。うん。東京だか大阪だかからよぉ、わざわざやってきて川原で睡眠薬飲んで死ぬわけよ。

やがてそんな噂は廃れ、埋めてくれというものも来なくなった。その頃には男は、現世との境界を超えた不思議な存在になっていた。

神出鬼没で、どこに住んでいるのか村人にもわからない。何歳なのかも。ただ時折、叢《くさむら》の中にいるのを誰かが見る。いつも何かを埋めているのだという。

父の話がどこで終わったのか定かではない。

結局、川原は怖いところだから用心しろよ、といいたかったらしいが、全く別の話になってしまったようだった。

誰かが橋を渡ってくる。リアカーを引いている。積荷には薄い布団がかけられている。帽子を目深にかぶり、長袖《ながそで》のシャツに長ズボンの小柄な影が引いている。明らかに怪しい。警察が現れたら職務質問をするだろう。それで終わりだ。

だが真夜中の道には、リアカーを引く少女以外には誰もいない。少女は無事に川原へと下りていく。

リアカーが道の途中で止まる。タイヤがぬかるみにはまったようだ。少女はしばし奮闘した後、リアカーを乗り捨て、荷を引き摺《ず》りながら草の中に消える。

もう大丈夫。

大輝はほっと胸を撫《な》で下ろし立ち上がった。

8

川原で死体が見つかったという話は聞かない。千絵は大輝の家に来なくなった。会いたいとも思わなかった。このまま永久に会うことなく時間がどんどん流れていけばいいと思った。

夏の終わりに夢を見た。

麦藁帽子《むぎわらぼうし》をかぶった老人——猫の墓掘人が穴を一つ掘り終わったところだった。熾火《おきび》のオレンジに染められた夕暮れの大気は透明に凪《な》いでいる。

夢の中で、大輝は猫の墓掘人の後ろに立って穴を見ていた。

自分の穴だと思った。その穴に入ればもう安心、何も思い煩うことはなくなる。そんな気がした。そこは正しく生きたものにのみ許される正しい場所のような気がした。昆虫が光に向かうような本能的な欲求で、大輝は足を一歩踏み出した。

「駄目だよう」

猫の墓掘人は歩み出て横に並んだ大輝を残念そうに制した。

大輝は動きをとめた。

「それはあんたの穴じゃないよう。あんたはそこには入れないよう」

猫の墓掘人は西日に目を細めた。

「あんた、達者で生きろよう」

猫の墓掘人はほっとため息をついた。

「あれは最後の穴で、おれの穴だア」

穴はちょうど老人がすっぽり収まるほどの広さがある。日は暮れかけて、周囲の叢には数十四の猫達が待っている（その中にはある日を境に消えたパンダもいる）。

額の汗を夕暮れの風が乾かすまで老人は待ち、そして穴に入ると胎児のようにうずくまる。

数十四の猫達は土をかけていく。

老人は身じろぎもしない。

穴は埋まり、猫達は八方へ解散する。

猫の墓掘人は死んだわけではなく、どこかに旅立つのではないか、と大輝は思う。これまでに彼が埋めたあらゆるものを引き連れて、彼方《かなた》の領域に向かうのではないか。

目が覚めたとき、大輝はこの土地から確かに何かが去ったのを感じた。窓から見える草原世界は、かつての魔法じみた精霊界との境界ではなく、ただの川沿いの野原だった。

寂しいような哀しいような不思議な気持ちに囚《とら》われて、大輝は泣いた。

9

墓掘人の消滅からほどなくしてルークは去った。

漫画本を買いに行った帰りだった。ぐるりと視界が回転したのだ。柔術の達人にいきなり背負い投げをくらわされたような感覚だった。

実際には投げ飛ばされたわけでも、車に撥《は》ねられたわけでもなく、大輝はふらつきながらブロック塀に寄りかかった。

動悸《どうき》が激しくなり、息苦しくなった。

またぐらりと揺れた。

ぱっと視界がルークのものに飛んだ。熱気。強い光。土の匂い。

揺れる乗り物にのっている。

これは何だ？　大輝は自分の状態を確認する。

目の前に格子がある。檻《おり》だ。

檻はぐらぐらと揺れている。景色が流れている。叢。向こうに、畑とビニールハウス。

輝く水溜《みずたま》り。

誰かが自分を……つまりルークを檻に入れて運んでいる。

いったい誰が？　巨人。女の子の姿をした巨人。

千絵。

大きな鳥かごに閉じ込められている。

だが鳥かごなら出られるはずだ。入り口に目をやるが、ご丁寧にも南京錠がかかっている。

格子が揺れるたびに、南京錠がガチャガチャと音をたてる。

はっと目を開くと空があった。仰向けに寝ていたようだ。尻《しり》に小石が喰《く》い込んでいる。

逆光で陰になった人物が、かがみこんでいる。

「君、大丈夫かい。いきなり倒れたようだけど」

そんなことより、と大輝は焦った。今こうしている間にも、ルークがどこかに連れ去られているんだ。

「ルーク！」と大輝は叫び、再度気を失った。

どこか薄暗い物置のようなところで、女の子がかがみこんでぼそぼそと語っている。

——ルーク。ねえすっごく頭がいいんだって。本当？　あんな馬鹿な男の子より、私に飼われたほうがいいよね？　そもそもあんたは私のものなのよ。

千絵は低い声で続ける。

——あの子にはペットを飼う資格なんてないのよ。ああいう無責任な子供には。そうでしょう？　特にルークを飼う資格はないの。ただ預けていただけなんだから。わかるでしょう？

千絵の目は据わっているが、自分がしていることへの動揺も表情に浮かんでいる。

——そうだと思うなら鳴きなさい。

ルークは鳴かない。かつて一度も鳴いたことはないのだ。

——鳴くのよ。言葉がわかるんでしょ？　これから飼い主は私だから。あなたを飢え死にするまでここに入れておいたっていいのよ。このまま川に捨ててもいいし、焚き火《たび》に放り込んでもいいの。よく考えなさいね。

千絵は言い切ってから、自分の口から出た言葉にうろたえ、ふっと作り笑いを浮かべると、嘘よ、そんなことするわけない、といった。

——私が思うにね、あなたの前の飼い主は、私の本当のお父さんなのよ。私の本当のお父さんは、私が五歳のときに樹海に消えて戻ってこなかった。なんかね、鼬《いたち》を飼っていたという話だった。イズナツカイとか、イタチギョウジャとかいう人だったのね。

なんでさあ、あんな凶暴な馬鹿と一緒に暮らさないといけないわけ？ あいつが私に何をしたのかわかる？ みんな勝手なことをいうだけいって、でも結局何もしてくれないのよ。全部私が悪いことになるの。お父さんがいたら、こんなことにはならないんだ。お父さんさえいてくれたら、あいつなんかとっくに殺されているんだ。

あなたはどこから来たの？ 私のお父さんのところから来たんでしょう。私を救いに来たんじゃないの？ なんであなたはあんなただの子供のところにいるの？ あそこにいる必要ないでしょう？

でも、それは私のせいかな。私の家では飼えなかったもんね。ごめんね。ルーク。だってあいつが、あの馬鹿が殺すからね。猫でもなんでも殺すのよ。生まれ変わったほうがいいっていうの。あいつの口癖なの。

人殺しなんだあいつ。前住んでたところのおじいちゃんが……私がさあ、一人暮らしのおじいちゃんとさあ、仲良くなったのに目をつけてさあ、気に喰わないんだ、あいつ。

おじいちゃんのお金をとって……許せないよ、私は嫌だったんだ、絶対に嫌だったんだ。あいつはおじいちゃんを殺して、おじいちゃんの家を燃やしたんだよ。でもね絶対天国だよ。おじいちゃんは絶対によい生き物に生まれ変わってるよ。私はそのときから決めたんだ。あいつを殺さないといけないって。

私は悪くない。私だっていつ殺されるかわからないもん。殺される前に殺しただけなんだから。お母さんは、最初は手紙をくれたけれど、もうくれないの。お母さんは忘れたいの。自分だけが幸せになりたいから。

大輝が体を起こすと、病院のベッドだった。腕には点滴が打たれていて、母親が横に座っていた。

「大丈夫？　自分の名前はいえる？　どうして倒れたの？」

「ルークが」

「ルーク？」

「ルークが誘拐された」

まさか、と母親は笑った。

「見たの？」

「ぼくにはわかるんだよ」

「あんたこの期に及んで、ルーク、ルークって本当に好きなのね。家に帰ったらきっといるよ。さあ、まだ一時間ぐらいかかるそうだから、眠りなさい」

物置の中で、千絵は唐突に怒ったり、泣いたりしながら語り続ける。話は同じところに何度も戻り、ぐるぐるまわる。私は悪くない。あいつがいかに酷《ひど》い奴だったか。時折語る内容に変更がある。主に母親についてだ。刑務所にいると語ったかと思えば、外国にいるともいい、殺されたのだともいう。

やがて千絵はいった。

——一緒に森に行こうね。私の本物のお父さんを捜しに行こうね。不思議な力があるんでしょう。どこにいるか知っているでしょう？　君はお父さんが私を呼び寄せるためにだした使いなのでしょう？

退院したのは倒れた日の夕方だった。点滴を受けて薬をもらい、貧血だと診断された。母親と一緒に病室を出た。

「大丈夫だよ」

大輝は母親に胸を張ってみせた。

「なんで、貧血なんかになるの？　朝ごはん食べていたでしょう。どこか悪いんじゃないの？　こないだだって保健室で早退したでしょう。ねえ、一度きちんと検査を……」

ほとんど聞いていなかった。

ルークはどこかの納屋か物置にいる。確証はないが、千絵の家に違いなかった。森へ行く、という言葉が脳裡《のうり》に残っている。ここらで森といえば、樹海しかない。早急にルークを救い出さなくてはならない。

だが、物事は大輝が考えるよりも早く動いていた。

帰路の途中、消防車がサイレンを鳴らしながら大輝の脇を通りすぎた。

消防車はそのまま橋を渡った。

大輝は母親の手を振りほどくと駆けた。

通りにはパトカーが二台並び、野次馬の人だかりができている。農道には消防車が入り込んでいた。炎は大量の煙と共に、天まで上がり、あたりにオレンジの光を放射していた。

千絵の家だった。

大輝には燃える家が、戻らないという千絵の決意に見えた。

10

戻るつもりはなかった。

深く暗い樹木の迷宮を、少女は肩からバッグをかけ、片手に金色の獣の入った檻《おり》を持って木の根を越えて歩く。

じめじめとした腐葉土の臭い。冷えた静寂のそこかしこに、もぞもぞ、かさこそと虫の気配がする。猛禽類《もうきんるい》の視線を感じる。

最初は獣道を歩いていたが、すぐに道はなくなった。

今はもう方角は全くわからない。樹海は広大だが、行動できる範囲は狭い。崖《がけ》、藪《やぶ》、岩、穴、ぬかるみ、ゆるい地盤、樹木、木の根、そうしたものが行く手を阻んでいる。仮に方角がわかったところでまっすぐに進めるわけでもない。

この獣といると足取りに迷いがなくなる。かつて大輝が「感覚が鋭敏になる」と語っていたのが、実際にルークと一緒にいると本当のことだとわかる。

足は踏むべき場所をきちんと踏み、一度も転ばない。獣は確かに案内してくれている。

だが、船酔いのような酔いと、なんともいえぬ閉塞感《へいそくかん》が時間と共に強まっていく。千絵は荒い息をつき、檻を地面に下ろした。ルークと自分が魂の一部で繋《つな》がり、共鳴しているのだとすれば、この酔いと閉塞感は、揺れる檻に閉じ込め続けているルークから来ているのにちがいない、と思い当たった。そのままだと頭痛がして倒れかねない。

檻から出したほうがいい。

そうすれば片手も自由になるし、重い物を持たなくていい。

梟《ふくろう》がすぐ近くで鳴いた。

千絵は檻にそっと手を伸ばし、そこで逡巡《しゅんじゅん》した。

檻を開いたとたんルークが逃げ出したら？

どこにいるのかもわからない夜の森の中で一人取り残されたら？

闇の中で五分ほど迷ってから、結局鍵《かぎ》を取り出して、檻の南京錠を外した。

逃げたら駄目だからね、といい終わる間に、獣はするりと檻から抜け出すと、どこかにいなくなった。

とてつもなく愚かなことをしたような気がした。

ルークが去ると、酔いも頭痛も消えたが、迫り来る闇が急に恐ろしくなる。立ちあがり、一歩を踏み出した瞬間、苔《こけ》にすべって転び、千絵は泣き出した。

ことあるごとに殴られた。あいつはよく酒を飲んだが、酔っていたからというわけでもない。

おまえ、死んでリンネしたほうがいいんじゃないのか？　口癖であったその言葉は頻繁に千絵に向けられた。

――ねえ、鼬飼《いたち》ってもいい？

千絵が愛想笑いを浮かべておずおずとそういったとき、寝そべっていたあいつは不思議そうな顔をした。

――おまえの腐れ親父みたいにか？

千絵の笑みが凍る。暴力の予感に膝《ひざ》が震える。

大輝がルークを飼い始めてから、ルークは何度も千絵の前に現れたのだ。今にして思えばまるで様子を見るように。そのことは大輝には長いこと教えなかった。大輝はとりあえずルークを置いておく場所だった。

あいつが千絵を殴って外に酒を飲みに出た晩、千絵は窓枠に現れたルークにずっと語り続けた。ルークは千絵の一方的な話をじっと聞いているようだったが、あいつが帰ってくると、さっと姿を消した。

――なめてんのか？　おう、おまえ俺をなめてんのか？　おまえいつまでたっても家を見つけてこないだろ。なんできちんと仕事をしないんだ？　自分の仕事をしない奴が、何を飼うって？

あいつはガラスの灰皿を摑《つか》むと卓袱《ちゃぶ》台《だい》を蹴《け》飛《と》ばして、立ち上がった。

――このあいだ、ぶん殴られたばかりで、まーだ、わかんねえの、おめえ。

その瞬間、千絵の中で何かがはじけた。

いつか殺される。それは今かもしれないし、明日《あした》かもしれない。

千絵は台所に走った。包丁を取り出して構えると、あいつは意外そうな顔をしてから笑った。

――それで何するつもりなんだおまえ？　自分が何やってんのかわかってるのか？　しょうがねえなあ、もう。やっぱり生まれ変わろうなあ。もっと早く殺しときゃよかったよ。ああ、めんどうくせえ。

あいつはずんずんと距離を詰めてくる。

あいつの腹に突き立てた包丁が肉にめりこむ感触。同時に殴られて、壁に頭をぶつける。

目を開く。

狂ったように反撃してくるかと思いきや、あいつはぼんやりと立っていた。

刃物の刺さった腹を押さえて、千絵の肩越しに不思議そうな視線を向けていた。

──鼬っておまえ、あれのことか。

ルークが来ているのかと千絵は振り返ったが、ガラス戸の向こうには何もいなかった。

素早く目を戻すと、あいつは膝をついていた。

あれ？　なんで刺さってるんだ、という目で自分の腹を見る。それから、痛みを感じたのか顔を歪《ゆが》めて呻《うめ》いた。

あいつが取り落とした灰皿が足元に転がってくる。千絵は素早く拾った。

問題はあいつが死ぬことではない。あいつが生き残ることだ。もしも腹が軽傷であったなら、その後どんな目にあうか──。

千絵は灰皿を握り締めた。

猫の墓掘人は星空の下に立っていた。

墓掘人は全身から青白い燐光《りんこう》を発していた。千絵が死体を置くと、頷《うなず》いてスコップをとり、掘りはじめる。

硬い岩に当たることもなく、ざくり、ざくり、と見事に土が抉《えぐ》れていく。

掘った穴からは、冷気が立ち上る。

千絵は墓掘人の動きをぼんやり眺めながらその力強く動く腕を見つめていた。

本当のお父さんに会いたい。瞬間、千絵は強烈に思った。

鼬行者の父親は、千絵の中では猫の墓掘人同様に幻に近い超自然的な存在だったが、猫の墓掘人が目の前にこうして実在するなら、鼬行者の父もどこかにいるように思える。

墓掘人は無造作にあいつを放り込む。不思議と土が受け止める音がしない。どこか奈《な》落《らく》の底に落ちていったかのようだ。穴に近付こうとは思わなかった。

墓掘人は土を戻していく。

眺めている間に心が決まった。

これからあの家でただじっとしていてもしょうがない。選択肢はそれしかないような気がする。鼬が現れたではないか。

きっと森の中に開けた場所があって小屋があるのだと千絵は思う。お父さんがそこで斧《おの》で薪割《まきわ》りをしている。そんな光景を想像する。そこにはルークの兄弟たちがたくさんいる。

鞄《かばん》に入れておいたソーセージを齧《かじ》る。

ふわりとした毛が脛《すね》に触る。

「ルーク」

逃げていなかったのだ。

あたりが少し明るくなる。千絵は足元が見えるようになると、再び歩き出した。

ルークは千絵のそばに纏《まと》わりつく。千絵が手を伸ばすと、腕を伝って上ってくる。

無数の木々の中に、進むべき道が見えてくる。ルークを手元に置く恩恵が戻ってきたのだ。

「檻《おり》に閉じ込めてごめん」

千絵は心からすまない気持ちでいった。しかしルークは全く気にしていないようだった。


最初の休憩で、千絵は死体を見つけた。誰のものともわからぬものだ。自殺か殺されたのか遭難したのか、汚れたレインスーツを纏《まと》った白骨だった。

怖くなかった。死体は風景の一部だった。一瞥《いちべつ》して離れる。

早くお父さんに会いたい。そう思ったとき、ふわりと意識が暗くなり、代わりに映像が現れた。

廃屋の中に佇《たたず》む白骨。ただそれだけだった。

一分とも一万年ともとれる時間、その映像を見て、元の樹海に戻った。

千絵はしばらく放心した。

「ルーク」膝の上にいる金色の獣に声をかける。「お父さんはもう、死んでいるのね」

ルークは緑の瞳《ひとみ》で見上げる。

そうだけど、どうする？　ときいているようだ。千絵の全身から力が抜けた。私はあいつを殺して、家を燃やしたのだ。そうだけどどうする？　ときかれても困る。戻ることはできない。行くしかない。

少女は砂利と泥の坂をよじ登る。

ルークと父のことを考える。

鼬行者だった父とルークの精神は強く繋《つな》がっていたはずだ。

父が死ぬ前に何を思ったのか、わかるものは誰もいない。けれど自分に少し都合の良い推測をするのなら、父は最後に、娘に会いたい、と強く願ったのではないか。

その願いは心を重ね合わせていたルークの中に残った。ルークもまた死期を前にした相棒に娘を会わせてやりたいと思ったのかもしれない。そして獣は放たれたのだ。

千絵とルークは奥へ、奥へと進んでいった。

唐突に樹木が途切れ、霧の中に集落の跡が現れた。

戸数が十もない——廃墟《はいきょ》がいくつかあるというだけのところだ。

千絵は草を掻《か》き分けてまっすぐに一軒の古寺のような廃屋に辿《たど》り着く。その頃には心は静まり、波一つ立っていなかった。

縁側から腐った座敷に踏み込み、白骨を前にした。恐怖はなく、むしろ達成感のようなものがある。

「お父さん、遊びに来たよ」

千絵はしばらく白骨と話をした。これまでに起こったこと——できる限り楽しかったことを選んで話した。

白骨は静聴した。

霧の中から自分を捜して呼ぶ声が聞こえる。霧は音を反射する。遠くの音が伝播《でんぱ》しているのだろう。大輝の声にも、大人の声にも、森に棲《す》む魔物の声にもきこえる。

おーい、と誰かがいっている。

カンカンカンとやかましい鉦《かね》の音。どこかで祭りが開かれているみたい。

チ、エ、と誰かがいっている。

千絵はルークを抱き上げる。

私は鼬行者《いたち》になれるだろうか？　果てしない彼方《かなた》に到達できるだろうか？

千絵と金色の獣は、霧にぼやけた樹木の隙間に消えた。

11

窓の外の暗闇を、光の粒が通り過ぎていく。

大きいもの、小さいもの、人の暮らしと文明の光だ。

次の駅を告げる車内アナウンスが流れる。

満員電車の中でのとりとめもない空想から大輝は醒《さ》めた。二十年、いや、もっと前のことだ。

まだ自分の降りる駅ではないが、座るチャンスが最も高いのは次の駅だ。

電車のドアが開くと大量に人が降りる。外からは歓楽街の匂いが流れこんでくる。仕事帰りの人々が乗車を待つ姿がガラス越しに見える。

大輝は素早く吊革《つりかわ》を離すと、空いたばかりの座席に腰を下ろす。シートは温かく、布を通して尻《しり》に熱が伝わる。

再び目を閉じる。


あの日、森に向かったと思われる少女を捜索する一行に大輝は願い出て同行した。大輝は、千絵が義父を殺したことについて口を噤《つぐ》んでいた。そのため捜索は、千絵と、その義父、二人の捜索だった。捜索隊は警察と地元の青年団で組織された。

真相を知るのは大輝だけで、多くの大人たちが無理心中の可能性を見ていた。人の侵入を拒む鬱蒼《うっそう》とした千年の森には、特に手がかりもなく、霧も出てきて捜索は難航した。

やがて一行は祖母の語った〈上の村〉であろう廃墟の集落跡に到達したが、そこでも千絵を発見することはできなかった。

大輝は古寺めいた朽ちた建物の前に立った。

夢の中に出てきたものと同じだった。

――うわあ、これはこれは。いちおう見てみるか？

横に立っていた青年団の男が眉《まゆ》をひそめていった。

青年団の男と二人で踏み込む。黴《かび》と苔《こけ》に覆われた床と、茸《きのこ》の生えた壁。夢の光景とおおむね一緒だったが、髑行者の白骨はなかった。

――こっちにはいないよぉ。

青年団の男は外に出てから仲間に叫ぶと、ああ怖かった、という風に肩に手をやって震える仕草を見せた。

千絵の住民票は役場に提出されておらず、彼女は学校にも通っていなかった。それ故、彼女の存在をよく知っているものも少なかった。該当の少女を見かけたことがある、という程度だ。

捜索は一日で打ち切られた。

魂の一部が齧《かじ》られたまま人が生き続けるということはありえるだろうか？　大輝の胸の一部に虚空がある。

数ヵ月に一度、時には数年に一度。

映像は、彼方から送られてくる。

それはどこかの公園であり、他には特徴のない生活臭が漂う田舎の町並みであり、岩山であり、ススキ野原であり、川が流れ込む海だったりする。

まるで律儀な旧友から送られてくる絵葉書のようだと、大輝は胸の内で微笑む。

解説

東《あづま》えりか

ご本人が嫌がるかもしれない、ということを覚悟で申し上げると、恒川光太郎《つねかわこうたろう》の貌《かお》は宮沢賢治《みやざわけんじ》に似ていると思う。直接お会いしたことはなく、授賞式の壇上で挨拶《あいさつ》される姿や写真でしか見たことはないのだが、かなり前から「似ているなあ」と思っていた。

それは多分にデビュー作である『夜市』（角川ホラー文庫）や『草祭』（新潮文庫）などを読んだ後に感じた〝現実と繋《つな》がる非現実な空間〟を描いた物語の肌合いが、幼いころに経験した賢治の『風の又三郎』や『銀河鉄道の夜』を髣髴《ほうふつ》とさせたせいなのかもしれない。

多くの恒川光太郎ファンが魅了されるのは〝あの世とこの世の間《あわい》〟の物語。インターネットが世界を駆け巡り、ロボットがホテルの受付をして、携帯電話で瞬時に相手と連絡が取れる21世紀の現代においても、子どもはやはり闇が怖い。夜中の鏡、街灯の暗がり、天井の物音、トイレの中。何かがいる、何かを感じる。日本人の記憶に刻まれている独特の異世界を、恒川光太郎の小説は呼び覚ましてくれるのだ。

この『異神千夜』もまた、その恒川ワールドを如何《いかん》なく味わわせてくれる短編集である。

表題作である「異神千夜」は、鎌倉《かまくら》時代の元寇《げんこう》に巻き込まれた男の半生を描く。恒川の小説には珍しい、史実を下敷きにした作品だ。天下の大乱に乗じて大陸から日本にやってきた窮奇《きゅうき》という妖怪《ようかい》とその使い魔である鼬《いたち》のような生物のリリウは、時とともに闇に消えていく。

続く「風天孔参り」は一転して現代と思《おぼ》しき時代が舞台だ。道路の向こうは樹海という人里離れた山小屋に都会を逃れてやってきた若い女性が、五十代の主人を魅了する。彼女の過去と、時折やってくる風天孔参りの奇妙な客たちによって、彼の運命は一変する。これもまた、この世とあの世をつなぐ物語だ。

三作目の「森の神、夢に還る」は妖《あや》かしの者である私自身の告白記となる。何かに憑依《ひょうい》することができる霞《かすみ》がごとき存在である私に選ばれたのがナツコという美しい女だった。戦後の高度成長期に上京し、仕事を持ち親友もできた普通の女性の生活を私は楽しんだ。だがあることから、私の昔の憑依先の記憶が甦《よみがえ》る。きっかけになるのは鼬行者という占い師との出会いだ。彼は何者だったのか。

最後の「金色の獣、彼方《かなた》に向かう」の舞台は現代とはそう遠くない少しだけ昔の物語。少年と少女が飼うことにしたルークと名付けた金色をした鼬のような生物。鼬行者に飼われていたルークは彼らに不思議な光景を見せてくれる。

この鼬のような生物は日本の昔話に出てくる管狐《くだぎつね》を想定したと「文蔵」(ＰＨＰ研究

所2012／1月号）で語っている。体の長い狐とは、すなわち鼬のことなのではないか、と。

民俗学者の谷川健一《たにがわけんいち》は著作『神・人間・動物』（講談社学術文庫）のなかで、管狐をこう定義している。

―クダ狐というのは竹のクダに入れてもちあるくことのできるくらいに小さな狐であるといわれている。しかし、私はクダというのはマキなどの語のように、一族をあらわす語から来ていると考えている。つまりクダ狐は一族の象徴なのである。

このクダ狐のことを三河ではイヅナ持ちと呼んでいる。（中略）

イヅナの法にはインドの荼枳尼天の信仰がからみあっている。荼枳尼天というのは自在な通力をもち、六か月まえに人の死を知り、その心臓をとって食う恐ろしい女神とされている―

確かに本書のどの物語も女性が鍵《かぎ》となり男を狂わしている。荼枳尼天《だきにてん》は天女の姿をした夜叉《やしゃ》。昔からいわれる「狐憑《きつね》き」になるのも女性がほとんどだ。恒川光太郎という作家は女性に対し、畏敬《いけい》と畏怖《いふ》を同時に持ち、それを物語に昇華させているのではないか。

だが恒川は鼬を使った意外な理由も明かしている。ルークという魅力的な獣について尋ねられると、

―これを書いていた頃はイタチが好きだったんです。ペットが飼えない家だったので、ペットに対する憧《あこが》れがすごくありますね。ネットでペットの動画をずっと見ていたりし

ます。フェレットや犬がすごく可愛い―（WEB本の雑誌「作家の読書道」）

ともあれ、バラバラに見える4つの短編を通して読み終わると、この鼬のような生物に誘《いざな》われた人々の姿が浮かび上がってくる。大陸から渡ってきた妖獣が、時代を超え姿を変えて人間に憑き、幸も不幸もともに経験してきたのだと読者は感じるのだ。

身近に死を感じるのも、本書の特徴だろう。死の向こう側にあるものを感じることや、死を目の前で見ることは普段の生活にそうあるものではない。

だが毎年のようにおこる自然の大災害、特に東日本大震災の阿鼻叫喚《あびきょうかん》を映像で見た日本人の多くは、死生観を大きく変えた。

単行本上梓《じょうし》時に受けた著者インタビュー（双葉社）ではこう語っている。

―今回、「異神千夜」では伝説が生まれる瞬間を書こうという目論見がありました。そして生まれた伝説は、時代を超えて新たな物語に繋がり、「金色の獣、彼方に向かう」で、まだどこかに消えていく。「風天孔参り」には金色の獣は出てきませんが、死の気配が濃厚に漂っているという点では他の三篇と共通しています。全体がこういうトーンになったのには、震災の影響もあるかもしれない―

本書は、恒川作品の中で、第12回日本ホラー小説大賞受賞作である『夜市』のような日本土着の怪談に近い系譜に入る。自分の親や祖父母、あるいは友だちに降りかかった都市伝説のような物語。

だが恒川ワールドにはもうひとつの舞台がある。それは異世界を描く壮大な物語だ。

江戸《えど》時代を背景に使いながら、金属でできた謎の生命体「金色様」の活躍を描く『金色機械』（文春文庫）は、抜きんでた構成力と描写力、そして発想のユニークさが認められ第67回日本推理作家協会賞を受賞した。

さらに異世界ファンタジーの超大作、『スタープレイヤー』と続編の『ヘブンメイカー』も忘れてはならない。

この二作には正直驚かされた。最近流行の異次元世界に転生した人物が特殊なアイテムを駆使して旅する物語だからだ。だがそこは恒川光太郎、ファンタジーの力量が違う。普通に生きていた人間が、知らない土地に送り込まれたとき、どのように社会を構築していくかという、現実的な問題を突きつける。東日本大震災で流され、跡形もなくなった土地や人間関係をまた一から作り上げている人たちにとって、身近に感じる物語かもしれない。

そして2018年5月に『滅びの園』（KADOKAWA）が上梓される。デビューから10年。この小説は恒川光太郎の今まで描いてきた小説世界の集大成となるだろう。

地球自体に寄生したある物体により、異星物に侵略され、人類は滅亡が危ぶまれていた。だがひょんなことから、その寄生物のなかに一人の普通の男が取り込まれてしまう。中の世界で生きて行かなくてはならなくなる男と、侵略を受ける地球を守るために組織される決死隊の対比は鮮やかで、ディストピア小説の決定版と断言してもいい。

私は文字通り、寝るのも忘れて読み耽《ふけ》った。恒川ワールドのファンならば大喜びするような、土着的で民俗学的なホラーと、異世界ファンタジーが融和したスケールの大きな小説となっている。

それにしてもこの想像力はどこから湧き出てくるのだろう。小さい頃は佐藤《さとう》さとるのファンタジー童話集と子供向けのSFシリーズが好きだったと聞けば、納得はできるものの、やはり小説家になるべくしてなった人なのだと思う。

恒川光太郎がどんな小説を書いていくのか、とても楽しみだ。『指輪物語』より『ナルニア国物語』より、そして『ハリー・ポッター』よりも壮大な物語を編んでほしい。一ファンの願いである。

本書は二〇一四年十一月、双葉文庫より刊行された
『金色の獣、彼方に向かう』を改題したものです。

異《い》神《しん》千《せん》夜《や》

恒川《つねかわ》光《こう》太《た》郎《ろう》

平成30年 5月25日　初版発行
令和 6 年 10月30日　10版発行

発行者●山下直久

発行●株式会社KADOKAWA
〒102-8177　東京都千代田区富士見2-13-3
電話　0570-002-301（ナビダイヤル）

角川文庫 20930

印刷所●株式会社KADOKAWA
製本所●株式会社KADOKAWA

表紙画●和田三造

●お問い合わせ
https://www.kadokawa.co.jp/（「お問い合わせ」へお進みください）
※内容によっては、お答えできない場合があります。
※サポートは日本国内のみとさせていただきます。
※Japanese text only

ISBN978-4-04-106779-6　C0193

角川文庫発刊に際して

角川源義

第二次世界大戦の敗北は、軍事力の敗北であった以上に、私たちの若い文化力の敗退であった。私たちの文化が戦争に対して如何に無力であり、単なるあだ花に過ぎなかったかを、私たちは身を以て体験し痛感した。西洋近代文化の摂取にとって、明治以後八十年の歳月は決して短かすぎたとは言えない。にもかかわらず、近代文化の伝統を確立し、自由な批判と柔軟な良識に富む文化層として自らを形成することに私たちは失敗して来た。そしてこれは、各層への文化の普及滲透を任務とする出版人の責任でもあった。

一九四五年以来、私たちは再び振出しに戻り、第一歩から踏み出すことを余儀なくされた。これは大きな不幸ではあるが、反面、これまでの混沌・未熟・歪曲の中にあった我が国の文化に秩序と確たる基礎を齎らすためには絶好の機会でもある。角川書店は、このような祖国の文化的危機にあたり、微力をも顧みず再建の礎石たるべき抱負と決意とをもって出発したが、ここに創立以来の念願を果すべく角川文庫を発刊する。これまで刊行されたあらゆる全集叢書文庫類の長所と短所とを検討し、古今東西の不朽の典籍を、良心的編集のもとに、廉価に、そして書架にふさわしい美本として、多くのひとびとに提供しようとする。しかし私たちは徒らに百科全書的な知識のジレッタントを作ることを目的とせず、あくまで祖国の文化に秩序と再建への道を示し、この文庫を角川書店の栄ある事業として、今後永久に継続発展せしめ、学芸と教養との殿堂として大成せんことを期したい。多くの読書子の愛情ある忠言と支持とによって、この希望と抱負とを完遂せしめられんことを願う。

一九四九年五月三日